AQUARIUS

AQUARIUS

AQUARIUS

AQUARIUS

每個人心中都有一座島嶼，

藉文字呼息而靜謐，

Island，我們心靈的岸。

潮聲
薛好薰

【推薦序】

# 薛好薰打開了那扇門，日光穿透，父親母親在光影裡，笑著

文◎蔡詩萍

我們都要等到，能打開直向父母與自己關係的那扇窗，或那扇門，我們才叫真正懂得愛吧！

父母對我們的，愛；我們對自己，對另一半，對小孩的，愛。

否則，門窗半掩，隨風搖曳，光影晃盪，我們不一定能在掩映之間，窺見得了我們與原生家庭的種種情結。

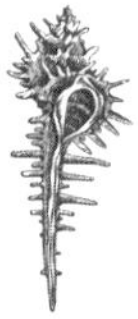



拿到這本薛好薰新書稿的電子版時，手機螢幕上，每每看到吸引我的段落，我便撐開拇指與食指，在段落上下撐開的滑動中，感覺我進入了，又一個「中年孩子」向父母敞開的那扇門窗。

一段又一段，我滑開了，另一個人，內心世界的「我父親」。

只是，薛好薰不只談了她父親，也相對地，談了她母親。談了，她父母與她，生活過的不可能遺忘的，深深有情的地方。有些，是故鄉之地，有些是出遊之境，而有些，則不過是日常裡，車內的空間，起居的空間，相互發展出看似淡漠尋常，實則要到人去樓空之後，才懂那是我們彼此相擁過的空間。

以前，同在一個空間裡，我們關係曾親暱，曾緊張，曾淡漠，曾想擁抱對方卻也止步，然而，總有一個然而的來臨，戛然而止地，劃出了一道斷裂，那空間裡，再沒有我們曾經想擁抱，想訴說，想道歉，想說一句「我愛你」的那個人了！

讀薛好薰的文字，有一抹淡淡的，宛如日光晒進空了的房間，在浮盪於光影下的微塵中，我們聽到自己心底汩汩流出的往昔，這房間曾經有年輕的爸爸，有忙碌的母親，有我們孩子一般的天真，還有青春期以後，必然的荷爾蒙情緒。

每個人的爸媽，都是我們內心的一塊，不知如何去打開的「認識自己成長祕密的房間」！

那裡堆滿了，我們熟悉卻已經塵蟎了的老家具、舊箱盒，我們經常在長大後，回望那個房間，心情糾結，感觸複雜，總想著：應該去整理整理了，卻一直就那樣耽擱著，耽擱著，直到有一天，爸爸走了，媽媽也走了，我們還可能沒去整理過……

薛好薰為我們掀開了「那個房間」：父親的沉默寡言，未必是沉默未必是寡言。母親的焦慮不安，也未必是那麼的焦慮與不安。

倘若我們終其一生，不敢也不願重新打開「那個房間」的門，我們勢將沒有機會，重探通往我們內心世界的階梯。

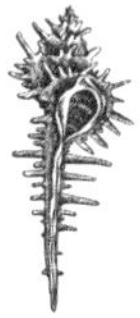

我很喜歡這本家族的書寫。

平平淡淡，孩子眼裡的父親，去海上漂泊經年，回來，安安靜靜，在陸地上摸索家的感覺。

外向多話，孩子眼裡的母親，跟很多家境一般的家長一樣，總是在多賺一些錢的發財夢裡，捱過了一天天一年年。

我們都沒有賺到很多錢，但我們都長大了，都有了自己的戀愛，自己的家庭，自己的孩子。

一代人看一代人，看他們怎麼走過自己不能預期的人生，看他們怎麼愛過我們，這應該是我們書寫家族，重新打開「那個房間」，所能發現的，最豐富的家當吧！

《潮聲》一篇篇地讀下去，我在薛好薰打開的窗牖裡，看到一對夫妻的日日夜夜，「歲月靜好」通常都是不平靜不怎麼美好時主觀的禱詞，但我們書寫我們回眸，在潮聲一般的起伏跌宕裡，我們努力地，挽住了不能散去的愛，平平淡淡，在歲月裡被淘洗的愛。

【自序】

# 潮聲拍岸

父親過世後，每當打開筆電逐字敲打時，他的形影便自動浮現腦海。我不斷揣想如何將積累許久的記憶，一些片段又零瑣的，還原成栩栩形象。從父親吃魚、泡澡、出遊、他常坐的寫字桌角落，以及數十年來始終簡潔的房間……努力串接他以往的生活樣貌。為求完整，又從姊姊弟弟口中拼湊那些我不在場的時光。

每個回憶都不免像無限輪迴的電影般，以死亡作為句點。父親的一生似乎可以用幾個簡短的標題定調，那篤定的行事與日常，像時鐘的指針總在既行的軌道上不斷循環：早上打開寫字桌電腦、午後開著電視，有時打盹，晚上是和兒孫視訊時間……直到耗盡電力，定格。

他總是以輪廓分明的剪影方式，靜默地存在，當一個觀察者、傾聽者，再大的波瀾也只是在心中震盪，做的永遠比說的還多。我心裡清楚，這些拼湊與努力，零零落落地撐起的，永遠只是斷垣殘壁，更多消失的，已經一去不回了。

在那些描摹父親的時刻，彷彿可以感覺到他就在身後端詳，以慣有的表情微皺著眉頭，眼神恢復年輕時的晶亮，而且凌厲。

不管他同不同意成為我筆下的樣貌，他都無法表達，只能任由我。他該知道，屢屢用文字召喚，是我和另一世界的他聯繫的方法。而當初在醫院和父親告別時，為了讓他不要牽掛、安心前往佛土，所強忍的淚水，總在書寫的時候不受控管地奔洩。我慢慢知道，子女一旦為父母流淚，那淚水成分，懊悔的居多。

那一年獲得文學獎，計畫利用獎金帶父親出遊。他一向儉約，也捨不得花子女的錢，唯有用額外的獎金才能說動他出遊。每當在視訊中討論地點，父親似乎可以從母親病情所籠罩的陰霾中，稍微撥開雲霧，現出幾絲陽光。卻不料一場車禍，扭轉整個計畫，父親飄然遠行另一個國度。

還記得，我們接獲通知趕到醫院加護病房，一一上前向父親道謝，並且告別。躺在病床上的父親和前幾日一樣闔著眼，只是生理監視器上的心跳、血氧飽和濃度、血壓、呼吸等原本起伏著、讓人心情隨之波動的指數，變成一片寂然。我再三審視，無法置信，原來這是父親離開的宣告，此刻，他已經化為另一種存在，不是眼前我們所看到的他了。

和姊姊弟弟在病房外商量各自分頭辦理後事，失去父親的痛覺感測路徑似乎暫時受阻了。總之，沒有依循原有的傳導路線直奔腦部，而是被什麼堵住了一般，顯得缺氧而沒有力氣，雖然說著話，但是腦中卻是呈現真空，總需要一再喃喃複誦，才能記牢被交付了什麼任務。

沒有更早，也沒有更晚，一向寂靜的手機突然響起，將我飄搖的神思定住了。仔細聽辨對方的言語，原來因為我獲獎，出版社遂邀請在春節後的國際書展分享創作歷程。

不知道自己的聲音是否顫抖著，當我告知父親剛過世的訊息，無法出席，電話那一頭似乎是驚慌了，連忙說：「沒關係，沒關係。」很快地掛了電話。

電話斷線，彷彿也讓我和現實再次切斷，又回頭看著大大小小的家人站在幽暗長廊上，森冷的地板反射著幢幢影子。霎時間不太能確知我們圍在加護病房外做什麼，彷彿等一下探訪時間到了，還要進去看父親。

後來回想起這一幕，彷彿是一場突兀的夢境跳接，不免疑惑：人生到底能有多戲劇化？即使寫成劇本搬演，恐怕也會被觀眾質疑。所以，我始終無法參透，從書寫、得獎、未能成行的旅行、到病房外的這一切，命運之神到底秉持何種創作意識在執筆？

而，我們只能被迫地在祂安排的時空背景下，為父親送行。那年春節，之前之後，台灣的天氣一逕地冰寒，北部的平地甚至雪霰紛飛。我們在台南，感受到的冷冽更甚，彷彿置身冥王星的冰原。

送別父親後，將母親接到北部，雖然和弟弟輪流照顧，但也漸漸嘗到過去父親獨力看顧母親的難處，懊悔自己做的太少。

年少時和母親的關係一直劍拔弩張。沒辦法和她親近，習慣把母親推得老遠來審視，當時的眼神是極其冷冽而沒有溫度。愚騃地以為成年的世界有一道不可侵犯的界線，但母親一直在外頭攀跳，始終沒有跨過那條線，成為一個像樣的大人。直到自己成年後，才知道那線條不僅僅是虛構，而且極不公平，大概只有聖人才能攀越，那審視的標準反過來套在我身上，也一樣對自己失望。

四年來近距離地看著母親抗拒不了歲月轉動的離心力，精神、體力、記憶……所有一切被甩出地球運行軌道之外，變得又乾又皺。母親的蹣跚窘困，讓我將所有記憶懸置沉澱，濁重的下沉，輕盈的上浮，不斷回想她勞苦的一生、年輕時的種種喜好以及病後的對照，也回想我們的關係，以及推想更早以前，母親和她的母親的關係，這其中有某種複製與變異，痕跡了了。

我看母親的眼光改變了。以往對她疏忽、冷淡，在最後相處的日子，我一路陪伴著，參與和消化她的無能為力、怨艾、不安、恐懼、暴躁、痛苦、不甘、憤怒、哀傷。醒悟自己的罪愆像用了隱形墨水書寫一般，隨著時光的烤炙，慢慢浮現上來，赫然發現，有那麼多要彌補的罪狀。這時才懂得感謝母親，她以自己的病把我拉回到她身邊。

母親在世的最後一個冬天，表面上還是維持一樣的作息，不一樣的是她已經無法言語，神識經常是渾沌的，看著電視、看著周邊的家人，眼睛無法聚焦。那天，我坐到她的輪椅對面，用每到冬季總是冰冷發麻的雙手握住她，她乾皺的手還是溫暖如昔。我故意說：「媽媽，我雙手會冷吱吱欲安怎？」母親先是茫然看著我，後來，我瑟縮的冰寒似乎觸動她腦中某處還沒有完全被失智侵占的區域，飄移的眼神逐漸安定了，皺著眉頭，露出悲憫與擔憂，被我握著的手彷彿想要把我焐溫暖一般，出現長期以來少見的力氣，回握著我，久久不放……

母親是在睡夢中離去的。就像在西蒙·波娃的書中，護士所安慰的：「這是一場極為安詳的死亡」，母親應該對病痛沒有知覺了，最後也完全脫離病痛，離苦得樂。在此之前，雖知和母親相處的日子不多，但是因為沒有確切的倒數期限，一邊提吊著心，一邊又心存著僥倖，以至於告別的日子真的來臨時，所有的心理準備宣告無效，傷痛並未減輕絲毫的衝擊力道。

西蒙·波娃寫她父親過世時，她待在他身邊，「直到馴服了這道由存在化作虛無的過程」。但不管我在守喪期間，或者，迄於今日，我一直沒有像西蒙·波娃那樣的修為，那股失親的惶然，以及母親由存在化為虛無的過程一直沒有馴服，或被馴服。

和姊姊玟伶在通話時，一起回憶小時候母親的辛苦和付出；小弟元龍找我一起去竹北參加烏魚節，重尋母親製作烏魚子的過程；大弟福全在上海工作，於母親生日前夕夢見她，醒來後和我視訊聊起，兩個中年的姊弟，隔著海峽、隔著螢幕，邊憶及母親邊唏噓，相對拭淚……

每當這些時刻，既感傷、又感謝父母親，還好，他們給了我手足，有姊姊弟弟陪伴，了解彼此失去他們的巨大憂傷。

還好，父母親也並未真正遠去，一直被我緊緊擁抱著，攬在我的腦海和文字裡，不斷拍岸，迴盪潮聲。

## 《潮聲》目錄


【推薦序】薛好薰打開了那扇門，日光穿透，父親母親在光影裡，笑著　文◎蔡詩萍　009
【自序】潮聲拍岸　013

輯一　在寫字桌撒網
老漁人的寫字桌　024
網字　033
魚味　042
泡澡　048
同車　053
同遊　061
房間　069
陪伴　077
遺物　084

輯二　被按熄的夢
母親的夢　092

陌生的母親 098
凝滯的時光 102
母親將燈一一按熄 111
頭髮拼圖 118
衣戀 128
母親，和她的母親 136
反哺 146
唸經 154

輯三 有時憂容，有時清歡

造船廠的童年 164
山丘旁的日子 175
憂容小貓 182
碼頭情人老 191
烏魚記 198

# 輯一

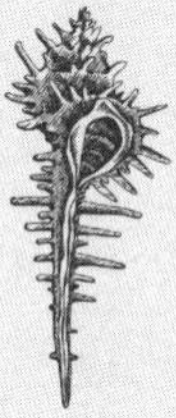

# 在寫字桌撒網

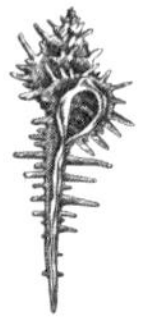

# 老漁人的寫字桌

高雄茄萣老家的玻璃門後擺了張寫字桌。不到兩手臂伸開的長度，上頭放著電腦、檯燈、電話、待處理的信件帳單，玻璃墊底下壓著幾張名片和手抄電話的小紙片。這是桌上恆常的風景了，像父親固定不變的生活及作息。

他個人的物件幾乎集中在此，需要時，便從各個抽屜中取出，一絲不亂。若有額外的物品，多半是母親隨意堆置的。每當她的心情濕潮，家中一些非必要的用品便像蕈菇般不斷孳生，屢屢擴張版圖，蔓延到寫字桌。父親便將越界的東西挪走，始終勤快地保持那一方天地的潔淨。他周圍環繞著母親的情緒性購買物，甚至我們姊弟各自成家多年後，還把老家當成擺放年少時舊物的另一窟，任何人所積貯的東西都比父親多。他長年累月在海上討生活，生活將他錘鍊成一位修行者，所有的物欲已削減到極致，一張桌子便綽綽有餘。

不管冬夏，當一天拉開序幕時，南台灣的太陽便亮晃晃斜照進來，像舞台燈光聚焦在寫字桌上，彼時父親已經就定位。門前是茄萣的兩條主要道路交會點，父親以深茶色的玻璃門作為屏蔽，外頭看不見他。白日裡，父親看著電腦螢幕不斷更換的紅綠數字與跳動曲線圖，臉上平靜，眼中精光。偶爾才撥個電話，出門辦理買賣手續。儘管他出入股市已不像二十幾年前剛從職場退休時那麼熱衷與頻繁，但每天看盤已成了習慣，在我們沒有回家的尋常日子，數字的起落是他生活中唯一的漣漪。

他不看螢幕的時候，便看著老太陽一分一寸緩慢走出騎樓，然後等待它隔天再次熱情造訪。或者，望著停在門前等紅綠燈的人車，往往他凝固的身影會被呼嘯而過的車子震得微微晃動。幾十年的船員生涯，讓他習慣獨處，即使回到岸上後也極少出門，鎮日窩在寫字桌前，像守著窄仄的駕駛艙，而門外則是一跨足便會掉落的人海。

到了夜裡，看者與被看者的角色便完全翻轉。經過的人車若無意間往我家一瞥，便可以看到一位戴著老花眼鏡或拿著放大鏡的長者，仔細在檯燈下研究著什麼資料。如果仍盯著電腦螢幕的話，便是他和母親吃過冷清的晚餐後，回到寫字桌前等待我們姊弟的視訊，像飯後固定的一道親情甜點。多年下來，兩個姪子陸續出生，從在地上匍匐留下逶迤豐沛的口水，到就讀小學自行開電腦問候：「阿公阿嬤好。呷飽袂？」話題總在尋常的溫飽上打轉也無所謂，飯後甜點從來就不是為了果腹，為的是一點心理滿足。父母親就坐在桌前，以這種方式遠距「含飴弄孫」。

而我和父親的視訊有時話長，有時話短。他不擅長聊天，多半由我開啟話題，談他的股票買賣、身體狀況、親友的婚喪喜慶等等。只要父親感受到我的眼神飄移，顯然一邊視訊，一邊又另開網頁瀏覽時，便主動以隔天我還得上班、要早點休息為由，結束通話。其實他知道我晚睡，但基於自尊，在敏感察覺彼此對話出現尷尬空隙之前，他便會立即劃下句點。

仔細回想，過去父親短暫在家期間，即使曾留下行住坐臥的痕跡，每次離家經年，所有痕跡便又被覆蓋、抹去。這張寫字桌是父親退休之後，在定型已久的家屋中，所闢墾的屬於自己的角落。結束過去的海漂，就此像株生根植物般安居。但同時，卻輪到我們陸續就學、就業、婚娶而離家，父親安安靜靜地在這角落，像守候隨季節洄游的魚汛般，守候著趁連假才能返鄉的孩子。

雖知道寫字桌是父親的專屬位置，偶爾回家的日子，覷著他一起座，我便悄然占據著，盤著腿深深縮進大辦公椅中，有種倚靠在溫暖的胸膛，並且被擁護著，輕輕搖晃的錯覺。我又一一打開抽屜東翻西檢。這一切他都看在眼裡。不同於以往脾氣暴躁，年老後的父親像被波浪刷磨去了稜角，已能容忍我這看似不禮貌的舉動。要過了很久以後，我才意識到自己的行為或許潛藏著對他的好奇，試圖從中窺看一二。但抽屜也沒有吐露更多，除了證件、帳單、收據與文具筆記本，並無任何個人收藏。後來，偶然讀到加斯東・巴謝拉（Gaston Bachelard）的一句話：「每一個靈魂層次裡的隱匿，都有藏身處的外在形象。」這才恍然，父親的桌子就像一張空白的臉，抹去可供辨識的五官。

父親隱匿得極深極深。

饒是如此，我還是喜歡翻檢，後來不得不懷疑自己是否基於某種補償性的心理，故意在父親的地盤撒野，隱隱地索討他年輕時不曾給我們的縱容。昔時的他如此嚴厲不可親近，而我們之間如此疏離。

當我在椅子左右前後搖晃，彷如搭乘一艘波濤中的船，不自覺地生出種種疑問：父親大半輩子在海上顛簸，遠洋漁船駕駛室的椅子有這樣氣派舒適嗎？門前的車流像不像駕駛艙窗口望出去的洋流？抑或像亂竄的魚群？當他回到陸地，會不會偶爾產生錯覺，以致恍惚了眼前和過去，像電影中的蒙太奇那樣剪接，彼此錯置？

過去，大風大浪對他而言從來不是生活的隱喻，而是關係著現實安危。避不開時，便要調轉船頭，抓緊猛爆襲來的浪峰節奏，迎面攀上一座又一座，才不至於被掀翻。如今，最大的顛簸不過是起身落座的時候，辦公椅的微微彈動。他走路時仍習慣撐開雙腳，彷彿踩踏在搖搖晃晃的甲板上。而過慣了搖晃的年歲，陸居的日子對他會不會過於平靜無波？過去一望無際的蔚藍，如今退縮成眼前一張寫字桌，老漁人的晚年，如何重新適應乾涸、只有車聲隆隆而沒有潮聲的日子？

我一直沒拿這些不要緊的問題去煩擾他，但這些不著邊際的疑惑在在都令我好奇。

父親以往應該會為一些難以回答的問題苦惱過吧？親友來家裡見到父親時，總是驚訝地問：何時上岸的？海路好走嘸？這趟賺多少？休息多久？何時出海……

忙不迭一句接一句，明明是熱絡的問話，仔細分辨，幾乎每一句都隱藏著數據。或許是想藉以表達他們的關心，但聽著不像是歡迎漂泊的人返鄉，卻像要把他趕回海上似的，彷彿那才是他真正的歸屬。

也許如此，他才需要一張寫字桌，像某種宣告。

即使如此，卻又表現得如此輕淡，顯不出存在感。

直到父親退休多年，這類問話終歸於沉寂，但也因著彼此疏遠已久，變得無話可說。父親長久習慣於對著大海沉默，而今也漸漸地把自己活成一座海洋，隨著日昇月沉，潮汐漲退，一逕的靜謐，無法打探深淺。

就在習慣的沉默中，我後知後覺地發現，父親坐在寫字桌前的身影不知何時變得佝僂，原本挺拔的身體在偌大的辦公椅中愈來愈顯得單薄，起身、落座都像慢動作，一次比一次遲緩。

我返家的次數變多了，抵達的時間常在夜裡。一進騎樓，還來不及拉開玻璃門，父親多半已經察覺，眼睛比嘴角先笑咧開了。但有時候他等待過久，遂忘記正在等待，而專注起眼前原為打發時間所做的事。我往往不去打斷，站在門外，看著他聚精會神時，不自覺地瞇皺著眉眼、嘟起嘴。那神情，讓父親看起來不再是嚴肅的父親，也不是年近八旬的老者，而是一個認真地要把出了什麼岔的玩具擰正的孩子。

有一陣子，父親因白內障手術過後極畏光，連電腦螢幕都嫌刺眼，視訊時需要戴上墨鏡。看著鏡片擋去他大半老皺的臉，我腦中浮起一張父親年輕時的舊照，和螢幕中的他互相疊合。相片裡，他西裝筆挺，不知是剛登上泊在異國港口的漁船，還是即將束裝返國？拍攝的人採取仰角，他的身材顯得更加頎長，鮮明輪廓，高挺鼻子上架著時髦墨鏡，看著比任何影星都帥氣。我不禁想像，如果有另一個和現實世界平行的宇宙，他也許不會被家庭重擔框架住，也許不需要忍受如此久的漂泊，也不需要在晚年獨守著一張寫字桌，繼續孤寂。

父親的孤寂終究劃下了句點。

那一天，元旦過後不久，殷勤陽光依約來造訪。父親一早便載母親出門就醫，才出門不久，莫名地自撞路燈。母親在後座，傷勢較輕微；但父親出入加護病房，住院二十幾日，溘然長逝。

我們白天去殯儀館守靈，晚上回家，草草以外賣食物果腹後，大家圍在飯桌旁，繼續摺紙蓮花、金元寶。平日闔家團聚的歡快言語似乎也被一朵朵、一錠錠地摺進去。燈光下，寂靜是慘白色的。

我不知不覺便呆望起懸宕的辦公椅。幾乎可以想見，返家的父親魂魄，一定還是坐在他的寫字桌前，默默地看著我們，像之前看著我們攜兒帶眷回家時那樣。或許還會因為不同意我們摺蓮花、元寶，眉頭微蹙著。身為漁人，長久面對莫測的海象，他卻一向不拜神佛，不屑這些民間習俗。只是，我們明知道正違拗著父親的意願，卻還是不能免俗地期望為他累積功德，期待他能離苦得樂、往生淨土。

治喪期間，也一邊填寫各種表格，到戶政事務所辦理除戶登記、到各個機關申請文件、結清銷戶、移轉、繼承等等，依規定必須在期限之內完成的一道道繁瑣手續，似乎都是被迫著抹去父親在世的一切痕跡。

母親完全亂了主意。但我們並不需要詢問她，逕自從寫字桌底層抽屜找出戶口名簿、身分證、存簿、印章等等需要的文件，分頭辦理。父親的文件物品一直存放在固定的位置。

除了他自己的身影。

# 網字

多年前，父親大腿根上的脂肪瘤手術過後，我陪他去醫院回診。一個個纏繞著繃帶、拄了枴杖或被輪椅推送著進去診間的人，許久許久，才開了門出來，牆上的燈號彷彿失憶似的忘了更新。漫長的等待，令病者恍如更沉痾，並且瘟疫似的傳染，連陪診者也一一跟著病與痛了。我只好到牆邊被冷落的書報架，藉著翻閱報紙，一份換過一份，阻止病痛上身。

正巧看到自己的文章刊登。

這些早忘了多久以前投的稿件，總在一些奇妙的時刻出現。每每被生活及工作耗竭所有情緒、知覺，當生活再無可期待時，文章的出現總提醒自己要心存感激，那被我遺忘的自己，曾在過去某段時間努力寫稿，製造一些小驚喜，從遠遠幾個月前投擲過來，讓委靡的我稍稍振奮了，產生繼續往下走的動力。而如今，在此等待得即將油盡燈枯的時刻，我又收到這樣的禮了。當個自己文章的讀者，並且徒勞地挑剔幾個用字，竟是在這百無聊賴的時刻唯一可行的事。接著，便遞給一旁的父親看。

有某種異樣感覺，在慢了好幾拍以後才驀然出現——從不曾和父親談及我的寫作，直到此刻，我才好奇他的反應會是如何。

父親擁有初中學歷，但我印象裡，從未見過他閱讀書報。較接近閱讀與書寫的行為是他從退休之後，每天分析、記錄股票走勢，以及後來翻閱《姓名學》，研究即將出生的外甥女、姪子的天地人三格的筆劃，組合名字。閱讀對他而言純屬實用性質。

母親在我們成年後，才隱約透露父親初中時留級過。那背著父親的悄悄話，以及母親吐露時閃爍的眼光、飄忽的語氣，讓人感覺她像揭露了家族祕密似的，仔細推敲起來的意思是：他讀書不太行。

父親因跑遠洋漁船，在我們的成長過程中長久缺席。即使在家，也因嚴肅寡言、脾氣暴躁而難以親近。直到我們都成年，父親的脾氣也隨著體力衰弱而消褪，我才敢向他旁敲側擊過去的求學生涯。得到的說法是：他時常翻牆出校門去看電影、混彈子房、養鴿……不知為何，他說起荒唐少年事，神情竟是些許得意。我摸索出他話中有個明顯小夾層，彷彿有意讓人發現似的虛掩著，揭開後一目了然：是因為沒興趣讀書才導致留級。他不是傻瓜。

彷彿為了證明似的，他補充道：當年退伍後，光憑說明書、線路圖，便能組裝留聲機、開起電器行。後來轉職去跑遠洋漁船，雖然不懂外文，但是依著說明圖，自己研究線路，輕易通過考試，順利上遠洋漁船，負責維修機艙的種種設施，很快由資淺的四俥晉升為二俥，再不久便獨當一面成為大俥（輪機長）。這項專長讓他小有名氣，在汪洋中作業時，常有船隻以無線電求救。父親得意地說，有次一艘船故障，停俥了幾日，好不容易聯絡上他幫忙救援。他只不過順著電路、管線來回巡視幾趟便找出原因，排除障礙，順便指點對方，扳動幾個開關就恢復運轉。

也許如此，父親對我從小就嗜讀密密麻麻的文字，總是斥喝：讀那些有的沒的做啥用？每每在「有的沒的」四個字上劃線又加粗框，充滿鄙夷。

不准看閒書，除了怕影響功課，還有一個奇怪的原因：父親覺得自己眼力忒好，而我們姊弟上國中後卻都戴上眼鏡，若再讀這閒書，近視度數豈不更嚴重。

於是，每當我讀課外讀物便像偷看禁書般戒慎，一旦被父親發覺，哪管書是買的、借來的，他拿了便撕毀。

年少的我為此而對父親充滿怨怒，雖不敢正面反抗，但內心積蓄一股滾滾岩漿，隨時都會爆發。我自認為所泅泳的書海比他征討的海洋來得寬闊，更何況，要看清事物，所憑恃的不僅僅是視力而已。

所幸的是，他不在家的時候居多，我可以盡情揮霍自己的青春和眼力。

因為閱讀，讓我起心動念執筆書寫。父親早就知情，卻從未提起。這次將作品遞到父親眼前，下意識裡多少有當面詢問的意味。

父親看報後，原本候診過久而不耐的愁容上竟閃過一絲光彩，並且帶著笑，眼睛快速瞥過周遭病者及陪病者。猝不及防地拋出一句：「寫這會使安怎？」

會使安怎？我囁嚅地重複一遍，真是大哉問。

這個問題，我也常常自問。

答案像吹出的大大小小五彩泡沫，看似反射著華麗晶瑩，但總沒有一個可以確切捉在手上的。於是試探性拋出一個簡陋但可以應急的答案：「有稿費。」父親似乎很滿意地點點頭，讓我過關。

但他並不知道，我的書寫常常陷入巨大的情緒波濤中，像發現魚群時，卻找不到適合的地方下錨，船可能隨著海流漂走，魚群可能倏忽游開。總是感覺別人只要一撒網便有滿滿的漁獲，而自己卻苦苦等魚上鉤，等到收線時，卻只有一些下雜魚，甚至漂流廢棄物。好不容易有點收穫，卻又不被買家青睞。種種豔羨、焦慮、懊惱、無奈……好像海中亂流在夜裡翻攪，無法成眠。分不清書寫是一種腦力還是體力活，每完成作品，總像虛脫般，好一陣子才能恢復。而書寫的付出和稿費報酬完全不成比例。「稿酬」其實最不適合被當成從事書寫的理由。然而，我也不能給父親一個更好的說法。

過去父親想禁止我看閒書，或許曾預料到這一步？

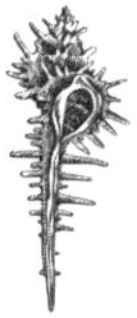

我在工作之餘，攢積一些零碎時間開始書寫，寫的應該就是他所謂的「閒書」，不知他作何感想？不看書報的他讀過我的作品嗎？會驚訝我筆下所勾勒的他嗎？……種種疑惑，我一直無法問出口。但就在這天，父親眉眼間的笑意，那往周遭一溜的瞬間眼神，彷彿做了件得意事，希冀旁人也留意到了，並且豔羨，這一切似乎毋須多問。

但，父親的問話卻持續在我腦中迴瀾，拍岸。

寫這會使安怎？

有多少人可以說得清這書寫的欲望？有多少人像我這樣不明所以，就在思潮中打撈文字以自樂，甚或自苦？

父親應該記得我曾詢問他海上的事，包括：顛晃的航行、循著洋流追逐魚群、日昇月落的地平線、驟起的暴風狂浪、兩三年的工作與休憩都困陷在一個狹窄船艙，以及無止境的海天與天海……我其實有意以寫作之名，讓退休後窩居陸地的他，在不知如何排遣的日子，可以時時梳理、反芻陳年記憶，對人傾吐。藉著這些話題，填補他長期在家庭中缺席所造成的距離。

而父親的回應也遠遠超乎我預期。他不厭其煩反覆解說，這是自有記憶以來，父親唯一教導過我的事。說來奇怪，父親的熱切與耐心反倒讓我迷惑：閱讀閒書不可以，但書寫可以？年少時不可以，但年長後可以？閱讀與寫作，對父親而言是否和抽菸、喝酒、投票等一樣，是有年齡的限制？

但父親所津津訴說的，並非我想探知的海。

我關注的是種種水族習性、生態，而他追逐可食用的各種漁獲，我們以不同目的向魚趨近。各自的選擇不同，我所預期的和他的敘述彼此錯身，且愈來愈偏斜。我驚覺地繞路回來跟上他，但聽著聽著，慢慢從話中察覺，父親結束大半生在海上漂泊，年老後回歸陸地的生活，彷如海明威筆下的桑蒂亞哥，心底羼雜著和龐然的馬林魚奮鬥獲勝的成就感，與伴隨而來的巨大疲累，以及，最後卻帶回一條魚骨骸回來，無以言宣的孤寂與悵惘。任誰，也無法體會或聽懂他的堅持、挫折，與獨自忍受的種種過程。我懷疑自己也許就是那個趁他已經搏鬥得筋疲力竭，卻將他奮力之所得啃到丁點也不剩的鯊魚。然後我又上岸，躋身在圍觀他一無所獲的村人之中，看著他蹣跚拖著空魚骨架上岸。

於是，當父親離開縱橫一輩子的浩瀚場域，每天蝸居在家，像艘退役的船頹然擱放著，電視機閃動的光影投射在他陰暗的臉龐以及常常失焦的眼瞳，一任身體、心智日益鏽蝕風化，比起在海上消蝕得更快速，令人憂懼。我從閱讀中想像著父親與海的故事，也試圖請父親重新返航記憶中漂泊大半輩子的海，並寫下來給我。

父親照例地不置可否。我已經習慣他不輕易允諾。

後來，有次在例行的電腦視訊中，我又重提此事。令我驚訝的是，他竟面帶難色，囁嚅地說，很多字都不記得了，不會寫。

這看似溫溫的話卻讓我的心像被滾沸的水燙了一下。即使有意寫作，書寫對於我而言也非易事，思緒如魚球倏忽漂東倏忽漂西，總要苦苦追趕。而我竟忘記，對父親而言，文字是比魚更難捕捉的滑溜生物。他擅長撒網捕捉，拿著鋒利刀鋸切割腥味的生活，卻無法以文字描寫絲毫鱗刺。為了滿足我，他似乎默默嘗試良久。而自尊心極強的他，在開口說出「不會寫」前，得經過多久的掙扎？因為我的粗心，那抱歉的臉容總在我腦海中縈迴。

我想，父親試圖以文字表達生命圖像，而記憶的文字卻寥寥如汪洋中洄游的幾尾滑溜的魚，他的探測雷達上一片寂然回聲。

我沒有進一步追問他心裡想告訴我的是什麼。那難以表達的，也許是文字本身過於單薄，無以承載他的生命故事。

錯過了那追問的時刻，如今我仍一直懊悔著。過沒幾個月，父親因車禍意外過世，他的生命故事便永遠、永遠沉沒入海底……

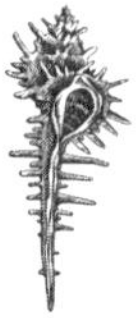

# 魚味

父親雖是捕魚為業，小時候家中餐桌卻不常出現魚，因為他跑遠洋漁船，漁獲都就近在國外的港口卸貨買賣，不會帶回來。但父親長年吃鮮魚已成習慣，所以當他輪休在家的日子，母親幾乎每天買魚。

我們喜歡吃煎魚。母親下班後，為了能在最短時間內開飯，烹調方式遂顯得有些粗獷。無論是䱾魠、白帶魚、白鯧……清洗完，不待瀝乾便抹上一層薄鹽，大火熱油後，將魚滑下鍋，闔上鍋蓋阻隔一陣的嗤嗤價響。奇特的是，這樣的方式，魚卻很少焦爛。隨著油煙往廚房外竄，眾人便逐漸地醞釀出渴慕的情緒，最後那情緒激盪到波瀾壯闊，幾乎滿溢。等上桌開動後，大家覷緊那盛著魚的盤子，舉箸便掃個精光。只要吃上了幾口煎得黃澄澄油滋滋、外皮酥脆的魚肉，精神便瞬間被溫柔地撫慰了。我們是如此喜愛母親唯一端得出來的傑作。

但，長期不在家的父親有著和我們不同的偏好，他喜歡鮮魚湯。只要湯裡加幾根蔥段或幾片薑，往往不需要其他菜佐餐，便吃得津津有味。這應該是沿襲在船上的習慣吧，因為蔬果恆常匱乏，只有鮮魚取用無竭。但有時母親還是會先將蔥爆香，魚略煎過，之後再加水煮開，於是魚湯上便會浮泛著點點油光。我們卻對這種作法不甚滿意，因為煮湯的多是中小型的赤鯮、臭肚、烏魚、虱目魚片，都有些小刺，吃起來麻煩，我們總是不甘不願地將魚吃得支離破碎而狼藉，常常吐出一團摻著魚刺的稀糊魚肉。而看著父親吃魚時，任何人都會覺得他肯定是在同一鍋中挑了最好吃的那一尾。父親會慢條斯理將魚舀出放在盤中，用筷子輕巧挑去魚皮，再夾取魚肉鄭重地放進口中，慢慢咀嚼，彷彿他品嘗的還包括海洋的深淺、洋流、溫度、鹹淡與顏色。我幾乎要疑心，盤中的魚那帶有一抹笑痕的唇嘴，是因為沒有被漠視辜負，而顯得歡欣甘願。接著，父親吐出一根根晶瑩潔淨的魚刺，就像呼出氣息般自然。

父親稱得上是吃魚專家，新不新鮮、野生的或養殖的，都逃不過他的鑑定。有時特地帶他上高級的日本料理店吃生魚片，如果他的評價是：「普通」，那麼我們就知道這家餐廳是名不副實。只有極少數料理店能得到父親肯定，但他從不說「好吃」，而是說「不錯」。對他而言，這已是他所能給予的最高讚美。

我們長大離家就業後，若是偶爾回家，父親便會到漁港市場買魚，讓我們離開時帶走。但我不曾從家中帶走魚，也不曾自己買魚，遑論料理魚。「吃魚」彷彿成為我回娘家時的重要儀式，那縈繞屋內的油煎魚香，或蔥段爆香的鮮魚湯，甚或是父親吃魚的神情，正是吃魚的充足要素。

前兩年曾和父親去買魚。那天早上，我們自備了大保麗龍箱，開車到興達港漁市。見剛卸下的漁獲依種類、等級一筐筐地分類好，少量的雜魚蝦蟹也纍成堆，整齊排在濕漉漉的地上。空氣夾雜著海風與魚腥味，那腥味甚至帶點海洋的冰涼。一些穿著雨鞋的漁人叼著菸，一邊身手麻利地整理、秤重，一邊打量正左顧右盼尋找獵物的顧客，熱情招呼著買魚。父親帶我迅速走過幾個攤位，問了價錢，便又往下一家，決斷很快。或許他以為我不習慣這樣既潮濕又充滿腥臭的環境，想盡早買完就離開。我還來不及向父親一一詢問魚名，他已經找到品質和價錢都滿意的紅加網，秤重付錢之後，他便彎下身要去抬箱子。我嚇得連忙制止。他習慣性認定女兒做不來粗重的工作，渾然忘記自己年近八旬。

以往買了魚，都是由母親一一去鱗、去鰓及內臟，或煎或煮。不久之前，母親小中風，之後身體日漸衰朽，無法久站，遑論煮飯。於是，這天的魚是由我來處理。這還是第一遭。過去在廚房幫母親打雜，總是漫不經心，現在只能從記憶中搜尋母親以往的作法，才發現沒有想像中的難。

我手指按壓著魚身，在側面從魚鰓到魚腹劃一小口，把鰓及內臟掏出、清洗，並提防著被魚鰭刺到。往日母親知道我不喜歡沾染腥羶，要把處理過的魚寄到北部給我，都被我婉拒。如今迫於形勢，只得撇下個人好惡，短淺著呼吸，捏著冷涼的魚身，收拾洗碗槽中滴著血水的內臟……才發現，沒有人天生就能忍受腥羶、就該忍受腥羶的，而其實，也沒什麼不能忍受的。最後，我將魚一一處理、分裝、冷凍，讓父親日後方便烹煮。

那是第一次和父親買魚，也是最後一次。

半年後，父親車禍，插管住進加護病房。後來病情稍穩定而拔管，我們徵求醫師同意，為父親煮了鮮魚湯。隔日，在加護病房外等候會客時，有位也在等待的婆婆看我提保溫鍋，很欣羨地詢問，一時之間我不知如何回應，僅能私下為父親可以開始進食而喜悅。進到病房，我裝盛了一碗魚湯，小心翼翼餵父親。他半坐半躺，身上手上還連接著其他管線，暫時拿開氧氣罩後，半張臉因撞擊而產生的瘀血遂明顯起來，眉頭也深鎖著。我遞上湯匙讓他慢慢啜飲，他艱難地吞嚥著，沒有了以往從容、優雅、凝想的品嘗神情。才小啜幾口，便搖搖頭，表示已經夠了。

幾天後，父親竟可以轉到普通病房了。我幾乎以為，就是那幾口魚湯，在父親的血液中注入一些活力和元氣。父親一生捕魚、嗜吃魚，也許魚已變成他的護身符、救命仙藥。

但沒想到，才隔日，病情又急轉直下，父親再度進加護病房後便陷入昏迷，不幾日，溘然長逝。

父親百日時，家人準備三牲祭拜。我隔著香爐的繚繞煙霧，凝望供桌上不知是黃魚、還是虱目魚的乾煎全魚，想像父親是否會如同往常那般優閒地享用。而因為考量煮湯的魚肉容易碎散，所以採用乾煎的，父親會喜歡嗎？

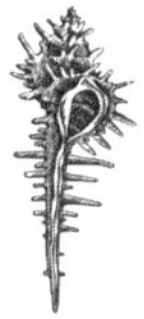

# 泡澡

父親平時不太活動，即使是夏天也少流汗，因此覺得沒有必要每天洗澡。隨著年紀愈老，更是間隔幾日才洗一次澡，因而常被母親碎唸不愛乾淨。她質疑父親是因長年跑船才養出這樣的不良習慣。我原先也認同母親的看法，後來從網路得知一些保健資訊，針對老年人因皮脂腺分泌變少、皮膚免疫力也變差，專家建議不需要天天洗澡。父親並未接觸這些資訊，但他彷彿會聆聽身體所散發的聲音一般，順從身體的需要，完全不理會母親的叨唸。直到他想洗澡的時候，便是一場徹底的滌洗，甚至是像進行一場慎重儀式。

家裡的浴缸是舊式的，由藍白紅三色小圓形馬賽克拼成，細看會令人感覺眼冒金星，因此幾十年下來，陸續掉了幾片馬賽克，也不太顯眼。在水龍頭的對面，還附有一個頭枕，泡澡時，可以舒服倚靠。到了父親決定洗澡的日子，他會放滿整浴缸的熱水，蒸氣很快地瀰漫開來，貼著綠色磁磚的小小浴室逐漸氤氳，淡濛濛地，牆壁似乎退去，那場景已成了父親入浴的經典畫面。父親不會時髦地在水中撒粗鹽、放氣泡浴球或藥浴包、滴水療精油，甚至放音樂等，不會如此講究泡澡的氣氛或療效，他只是泡澡，彷彿將平時的洗澡時間零存整付般，泡上好一段時間。

想像中，他躺入浴缸，讓全身浸潤在溫熱的水中，徹底放鬆，時間夠久的話還能逼出些微汗水。那時的父親是否有徜徉飄蕩在大海的感覺？還是彷彿回到生命之初的羊水中，被母體包覆，充滿安全與自在？我總懷疑他在浴室裡是否進行了什麼神祕的儀式，因為，隔二、三十分鐘之後，浴室門打開，水霧像仙氣般湧出，父親逆著光，從一團氤氳迷離中現身，我會有種錯覺，彷彿見到年輕時的他，從朦朧靉靆的時光走廊中出來，臉色紅潤、神情愉悅颯爽。

平時，父親若是感冒不舒服，或者因腎功能不佳導致雙腳浮腫時，他也會以泡澡的方式減緩症狀、消腫。對父親而言，泡澡不僅僅是清潔的功能而已，也是他放鬆、自行療癒的方式。

相較於家人大多在蓮蓬頭下沖洗身體，速戰速決，父親顯得不同。他退休前，在遠洋漁船上工作，兩三年才回家一次，有著和一般人截然不同的生活習慣。父親喜歡泡澡，在我看來是很貴氣的舉止，同時也很好奇：當他出海時，該如何解決泡澡問題？後來聽父親描述，船上有限的空間都經過精確地丈量與最大效度地運用，狹仄的廁所與沖澡間僅能回身，不可能設有浴缸。更何況，水的取得也不易，洗澡對船員而言是奢侈的事。即使捕撈漁獲，滿身腥味髒汙，也無法天天清洗。大洋中的海水並不像近海的那般黏，所以沖澡時是先用海水洗淨，再以淡化的清水沖過一次、擦乾。我想，這出海的兩三年中，他除了長期忍受海上漂流的寂寞與思念，附帶的還有無法泡澡的不便與渴望——這一切是怎麼壓抑而變成習慣的呢？

家中唯有小弟受父親影響。他結婚生子後，特地買個木製浴桶，把這習慣延續下去，並且變成他和兩個兒子共浴的親子時光。這作法令我懷疑，小弟是否藉此彌補昔時他和父親不曾有過的親暱與遺憾？只要父親去探訪他們，小弟便讓父親和兩個孫子一起泡澡。孫子幫忙擦背，讓平時少有笑容的父親顯得開懷。出遊的時候，飯店浴缸就是爺孫的遊戲場，玩到水溫變涼、皮膚變皺，姪子才不甘願地被抱起。我想，父親一定也感受到自己長期在小孩成長中缺席的遺憾，如今同樣希望彌補那些曾經錯過了的。

二〇一六年元旦後一週，父親發生車禍，安全氣囊爆開，傷了肋骨、手指，顏面瘀青。住院第三天突然呼吸不順，血氧濃度降低，被送入加護病房，緊急插管，病況一度危急。病情穩定下來後，父親意識清醒了。情況才開始好轉，他便趁護士不注意，自行拔管。插管讓他喉嚨受損，只能用氣音和簡單書寫表達。他皺眉表示插管不舒服，很臭，不衛生，想出院回家，泡澡。但是醫生都不同意讓他轉到普通病房了，怎麼可能讓他回家。於是，每回我們去探視時，父親總是發脾氣，不斷表示醫院不乾淨，想好好泡澡。

後來病情更穩定了些，醫生勉強同意讓父親到普通病房。可是才隔天，又出現積痰、呼吸不順。護士緊急召來醫生，經檢查之後，便直接詢問一旁的我和弟弟，是否要急救，得再次插管、送加護病房。父親聽到我們和醫生的對話，激動地流下淚來。

第二次進加護病房，父親再也沒有醒來過。

送父親去火葬場途中，腦中不斷浮現他生前最後一次有意識地、清清楚楚表達的願望……不明白父親是否因為不了解自己的病情，以為只要再泡澡就可以減輕痛苦，所以想用這種方式自療？

還是他已經預知了什麼，想要潔潔淨淨地離開人世？

# 同車

父親是個沉默的人。對外人也許是基於不信任，對家人則因為不了解。

對外人的不信任，導源於祖父被設局詐賭而負債累累。祖父病逝後，親族非但不依他的臨終囑託，反而落井下石，比外人欺凌更甚，讓父親對人性的貪婪與無情徹底心寒；而對家人的不了解則是因他跑遠洋漁船，長年在外，錯失小孩子的成長、妻子的青春與盛年。因此，他一雙清亮的眼睛總是在觀察，但緘默如石。

我們鮮有和父親長時間相處的機會，即使他輪休在家，四姊弟得上學，假日也忙著功課，或有各自的交遊圈。他則躺在客廳沙發看電視，偶爾瞄一眼我們的動靜，有如家具一般的存在。記憶中，從小到大相處最久的一次，竟是我將北上就讀大學的時候。

父親剛好輪休在家。報到那天，清晨三、四點，他幫忙搬行李上車，載我北上。我一路清醒，離家的情緒，既興奮期待又惶恐，而父親只是靜靜地駕駛。那時，他的頭髮尚未霜白，原本頎長的身材，因長期被狹仄的船艙與生活的重擔同時沉壓，顯得有些佝僂。而習慣掌舵的手握著小小的方向盤，顯得輕鬆自如，甚至看起來漫不經心。我在後座，從後視鏡偷覷，父親臉部的輪廓很深，大眼濃眉，眼神銳利。他雙眉緊鎖，似乎思索著什麼，每隔一段時間便搖下車窗抽菸。看他的神色，口中彷彿含著斟酌許久的叮嚀，但父親終究把它化為縷縷煙霧，全吐向窗外。車內的沉默拉得細細長長，綿亙了三百多公里。

那時我已經了解，他做的遠比說的多，行動本身就是他的無聲語言，其中又充滿隱喻。我只能不斷揣摩，尋思其中種種意涵，卻也懷疑能否確切掌握他的想法。

不知父親是否到過台北，他憑著在一片汪洋中尋找航道的能力，沒有搖下車窗問路，在城市車流沛然的清晨，準確地把我送抵目的地。等我在宿舍安置妥當，他終究還是沒說什麼便離開。以往他出遠洋時，都是我們向他告別，如今，輪到他送走第一個離家的孩子，不知心中如何慨想？不知是否因為時間大幅跳躍，我們的成長片段像蒙太奇的剪接般，讓他驚詫又陌生，而致無語？

姊弟們年齡漸長，讀書、工作、成家，直到有些歷練之後，才漸漸懂得如何引起父親的話題，也才醒悟父親是喜歡聊天的。只是長久以來，因為他的寡言嚴肅，遂習慣地讓電視聲音或生活瑣事填滿所有家人團聚的時刻，許多話也就無縫隙可鑽出了。

有次和先生開車載父親去購物，經過台南青年路、衛民街、忠義路，先生回憶起他高中時的上下學路線，假日到學校看書、打球，和同學在哪裡打混的情景。沒料到一向靜靜聆聽的父親突然接口說：「我小時候也是在這裡混的。」

我和先生迅速交換了驚詫又生趣的眼神。既然父親起了頭，就順勢引出他更多的回憶。原來他雖成績不好，還是考進了初中。當時家境還算富裕，獨自租房子在外，常常蹺課，翻牆去彈子房、看電影、養賽鴿、打架，落得留級一年，還差點畢不了業。

先生一直覺得父親難以親近，這次他才稍稍了解父親的另一面，更發現父親的主動參與談話，是表達親近與信任的方式。父親的這段年少經歷，我也是首次聽聞，難以想像一向威權的他，竟然曾經是個不良子弟。難怪對我們青春期時的狂飆行為，他總是一副饒有興味的神情，那是羼雜著理解，甚至帶點同情的寬容，畢竟我們自以為的叛逆，還遠遠比不上當年的他。但他又是如何從桀驁不馴、行為放蕩，轉而願意拘限在一艘遠洋漁船上漂流？是經濟負擔太過沉重，讓他只能選擇這種苦悶、卻收入較豐的工作？抑是以海上的漂泊來延續年輕時在陸地上的浪遊？或許父親以往的緘默，是因為有太多命運的轉折與人生的起起落落需要去思索。

那天的同車彷彿開啟了一扇閘門，話題汨汨地湧現。此後出遊，車內的小小空間彷彿是個聊天室，又像齣人生劇場，在家沉默如昔的父親一坐上副駕駛座，在我拋出話題後，便開始興致勃勃地帶我們回到他的過往。車外流逝的是一幕幕的風景，車內上演的是父親的一段段人生，以濃縮劇情的方式，又像似快轉，在這小小車廂中播放。對我們的提問，他的回答雖然有時簡短、有時需要停下來思索，但談興一直高昂。他聊青少年時期的嬉遊、入伍後逃過兵、看英文說明書便可以自行組裝留聲機，還有海上捕撈作業的情形；最驚險的一次，當滿載的漁船已接近陸地時卻觸礁，只得跳船，損失慘重……父親的記憶力好，有時連我自己都忘記曾問過的事，他會提醒我，但也不介意再重說一次，並且增添些細節。我漸漸發覺父親較擅長回答問題，不擅長發問。也許是因為他長期觀察每個人，有了自己的見解，可以問，也可以不問。

幾年下來，父親不再沿途精神奕奕地聊天，常常聊著聊著，便打起盹來。而話題漸漸地由過去轉為現在，例如一些親友的老病與凋零、他與母親的就醫狀況、母親不穩定的情緒……他開始會以商量的語氣詢問我。語氣中帶著委婉與隱藏的不確定，粗心的我竟沒有察覺他已經對生活顯得力不從心。

後來，父親大腿的脂肪瘤動手術，我擔心外籍看護無法同時照料術後的他和躁鬱又輕微失智的母親，因此請假回家幾日。母親的狀況極糟，因曾經輕微中風、脊椎側彎，平衡感失調，雙腿漸趨無力，若沒有人攙扶著走路便會跌倒，而且時常喊著頭痛、失眠。為此，父親只要打聽到哪裡有高明的醫生，便載母親去就診。並且將一樓的客廳、廚房、浴室等，全鋪滿加厚的塑膠墊。饒是如此，母親還是常摔倒碰撞。她每天頻繁地打電話向親友訴說父親的不是，父親一再制止，母親更惱怒，並趁著他和看護不注意的時候，自行起身到電話旁，因此更常摔得處處傷痕。我只是短暫回家，卻已經無法承受母親的病與脫序。

父親傷口拆線後的隔天，我要北上，他堅持開車送我去搭高鐵。在車上，我禁不住問父親，怎麼受得了？他立刻就明白我突兀問話所指何事，沉靜一會後，平淡地說：「有時候也會受不了，搧她耳光。」我並不訝異父親會出手，他個性一向暴烈，我們姊弟從小就畏懼父親的巴掌。他是如何吞嚥母親對他的精神撕扯，而終於忍不住爆發的？是因愧疚自己長年不在家而忍受嗎？想來，他和母親聚少離多，兩人一直沒能磨合彼此的稜角，等到兒女紛紛在外工作、婚嫁離家，只剩他們日日相對，於是再也沒有任何緩衝與轉圓，一對年老的夫妻就不停翻著年輕時的舊帳，纏夾不清。

曾聽姊姊透露，父親幾次在電話中說起母親，氣得掉淚。姊姊描述的是我陌生的父親，我很難想像一向威嚴的他掉淚的場景，那該是多大的痛楚，再也無法攔阻而潰堤。他的頭髮早已花白了，眼光也不再炯亮，幾年前攝護腺癌開刀後，體力更逐漸走下坡，盛夏時也穿著長袖長褲，以遮掩太過細瘦的手臂、雙腿，腹部因肝腎的多囊腫而隆起，腎功能差，腳經常浮腫著。但為了不想麻煩我們，而刻意撐出健康的表象。因為習慣南部的生活而不願隨子女北上，並且，所申請的外籍看護因初次來到台灣，語言不通、經驗不足，分擔有限，一切還是得靠他打點。

我為此不斷地自問：可以再做些什麼？母親會不會有起色，或者更惡化？父親還能支撐多久……

誰知，世事難以預料，時間並沒有我想像的久。

隔年，父親出車禍，進加護病房二十餘日。期間病情一度好轉，欣喜之餘，我們還聽從醫生建議，讓父親裝上心臟血管支架，解決長期以來的隱憂。不料，轉到普通病房才隔日，又因呼吸困難而再度插管，重回加護病房。最後

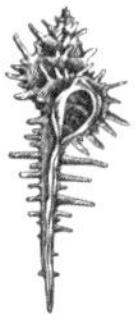

在春節前夕過世，來不及度過八十歲生日。

最後一次和父親同車，是去台南火葬場接骨灰罈之後。

原本超過一百七十五公分的父親，只剩一堆細碎的骨骸。骨灰罈由弟弟抱著，姪兒捧著簇新牌位。我們送他進靈骨塔，和祖父母團聚一起。

路上，我沒忘記在心裡提醒他：爸爸，要上快速道路了；爸爸，要過橋了……

而，車內，一片空洞的寂靜。父親的骨灰罈緘默，我們也緘默著。

# 同遊

父親跑遠洋漁船，兩三年才回家一趟。也許對長年累月地漂泊疲累了，所以一上岸便會想要穩穩地固著在一處。

那一處通常是客廳，父親常橫躺在沙發上看電視，像似一隻饜足而懶散的雄獅，偶爾張嘴露出森白的牙打呵欠。當我們四個姊弟出入偷覷父親時，有時會發現他犀利的眼光也炯炯盯著我們，便心頭一凜，在我們彷彿小獸誤闖他的勢力範圍，惹得他開始咆哮斥喝之前，會加緊步伐離開。

晚飯前，我們趑趑趄趄，從家中各角落聚攏在客廳，不安地看著父親百無聊賴轉換頻道，希望能停駐在那《科學小飛俠》、《小英的故事》、《小天使》……平時姊弟搶奪自己鍾愛的頻道，此刻卻同心合力祈禱隨便一齣卡通都好。但父親不知是無心地忽略或是有意地戲玩我們的焦灼，總在我們瀕臨絕望之前，讓我們看一眼結局。雖然結局總是小飛俠有驚無險地戰勝，惡魔黨陰狠狠發誓捲土重來，但是誰也不滿足沒有驚險過程的勝利。在我們眼中，此刻的父親彷彿化身為大魔王，表情嘲弄地看著我們，我幾乎可以看到他心裡正嘿嘿地笑。

父親不出門，也禁止我們在外遊蕩。但一間小小的屋宇，如何拘限與容納四個小孩的蹦蹦跳跳與喧鬧？我們總會由一開始小心地低聲窸窣，不知不覺間逐漸忘形吵擾，甚至爭鬧，最後是讓他從棲息的沙發上暴躍而起，一陣掌風搧過來，平息了喧嚷，卻揚起一陣哭泣。所以，我們寧可他出門跑船。而這樣的願望總是會實現，或遲或速，他會整理行裝，提著綠白相間的水手布袋，把母親放得過多的物品掏出，只隨便塞了幾件衣服和幾條菸，將束口抽繩綁緊，往肩上一甩便出門。我將這當成他又一次在外長期旅行。旅行中的父親偶爾寄幾張照片回來時，至少是讓我們懸念的，而我們則可以獲得一段不受管束的自由時光。

有一次，父親休假在家，突發興致要帶全家出遊。母親忙著整理出門的東西，我們換穿外出服時，興奮地吵嚷打鬧，以致出發時間一再延宕。父親不耐久等而大發雷霆：「拖太晚，不出門了！」大家面面相覷，情緒猶如前一刻還在空中上下翻飛的風箏卻陡地摔落在地，而同時摔碎的還有對父親的信任。奇怪的是，此次無法成行的出遊，深深鐫刻在腦頁，以至於後來真正和父親出遊，反而變得印象模糊。

例如那次無意中在抽屜翻到的幾幀照片，母親、我和小弟在日月潭邊以及搭遊艇的合影，背景是淡淡的遠山與朦朧的湖面。推測時間應是我上大學後，父親帶著我們出遊。照片中，小弟和母親似乎很高興，而我還不適應對著鏡頭（實際上是鏡頭後的父親）咧著嘴笑，看不出神情是否因為償了多年的夙願而歡喜。也許這趟未全員到齊的家庭旅遊來得太遲，無法使我心情升揚，所以才未在我腦中留下蛛絲馬跡，完全由照片取代該有的記憶。當時父親在場卻又彷彿不在場，不知透過相機觀看家人表情各異的父親，拍照時是怎樣的心情？

多年以後，我們紛紛離家就學、工作、婚嫁，而父親終於結束海上的漂泊之旅，退休回到家，經年累月地窩在他的老位置。家中果然沉寂了，但我不確定這分寧靜是否仍是父親所渴望擁有的。我們姊弟攜家帶眷久久才輪流回家一趟，角色易位，他似乎總在等待我們邀他和母親出遊。

而和父親出遊時聊天，逐漸拼湊出他青少年時的樣貌：個性貪玩，蹺課翻牆、看電影、混彈子房、打架……是學校頭痛的問題學生，然而因為家境富裕，學校也莫可奈何。他的遊蕩一直到祖父過世，債主紛紛上門才戛然而止。父親所描述的那位遊蕩少年，讓人很難與印象中躺在沙發上看 Discovery 的他作聯想。長久以來，在我們心中總是充滿威權的形象，當他逐漸老邁，不知是否感到疲累，或者被歲月剉去了稜角，才會對我們吐露過往？即使遠洋漁船航行各大洋，但除了靠岸，他總是幽閉在一個小小的船艙，舉目所見永遠是地平線。過去的遊蕩，轉為後來海上類似拘囚的生活，這戲劇性的轉折是他適應命運轉換的方式吧。

所以帶著年老的父親出遊，應該是他最開心的時候。我們姊弟彷彿有了共識，從島內的小旅行，進一步帶父母親去日本京都自助旅行。但後來大弟忍不住抱怨，不管他多精心安排，父親總是兩句話：一句是「沒什麼」，一句是「太貴了」。讓他既生氣又心灰意冷。因此，他下決心不再帶父親出國旅遊。

聽完弟弟的抱怨，越發覺得，即使我們已經逐漸步入中壯年，父親對我們而言仍是謎一般的存在。因為聚少離多，加上他的嚴肅寡言，我們從不了解他的成長與喜好，遑論他所遭逢的家變，以及我們姊弟陸續出生……這些擔子該有多重。或許這便是從我們有記憶開始，他嘴角的弧度就被重擔往下扯、不常出門、沒有娛樂，刻苦勤儉到幾乎慳吝的原因，即使老來有點積蓄，生活已經無虞，卻還擺脫不了灰暗的過去。

過了幾年，大弟擔心體力漸衰的父母親以後出不了遠門，推翻了先前的決心，又勇敢嘗試一次。但此次他學聰明了，行程安排以自然風光為主的北海道。

大弟一家、我和父母親，一行六人，這是我和父親一起旅行最久的經驗。大弟開著車，一路從札幌往東北的知床半島走，真鍋庭園、富良野的花海、小樽オルゴール堂蒸氣鐘、海洋博物館、札幌藝術之森美術館……這次由我擔任攝影，無意中捕捉了父親的各種神情。鏡頭下的他總是將手背在身後，戴著鴨舌帽，伸長脖子探看，有時嘴巴忘形地噘起，模樣像一隻好奇的鵝。遇到可以動手玩的，他會先讓五歲的孫女玩過後，才出手嘗試，看起來謹慎而世故，但玩起來又像小孩般認真投入。好幾次行車放慢速度欣賞風景，有小狐狸尾隨著，似乎希冀我們餵食，讓父親凝望許久；又看見路旁的林間，母鹿帶著小鹿半隱半現，好奇地望著我們，眼神彷彿穿越樹葉縫隙的陽光般的神祕與閃耀，就像從電視畫面中走出來的一則驚喜，令父親的眼睛也閃著同樣的光。幾天後，當我們沿著架高的木棧道欣賞知床五湖的風光，問父親有無特別想看的，他毫不遲疑地說，想看熊抓鮭魚。

原來父親平日據守在沙發一角時，已將所看的節目內容默記在心，看似足不出戶，卻是以這種方式神遊。但我們不想冒險，就連一般人也對棕熊毫無防禦能力，更何況父母親年邁，行動緩慢。父親輕易地便提出一個我們能力所不及的願望，讓人覺得氣餒，彷彿開了個玩笑。

儘管父親未一償看熊抓鮭魚的心願，也私下跟我抱怨大弟不知撙節開支，但看得出他此行很開心。而大弟也覺得開心，因為我並未讓他得知父親的擔憂，他以為父親終於能忘了一切重擔苦楚，重續年少時的無憂戲遊。

此後一年，母親的健康情況急遽惡化，走路需要人攙扶，父親雖然身體孱弱，還能行動自如。知道父親仍有興致出遊，我告訴他，剛好有一筆額外獎金可以利用，他欣然答應。

我比較各旅行社的規劃，選擇適合老人的悠閒行程。曾考慮過遊輪之旅，但不知父親是否想回味年輕時的航行，還是會厭膩了海天一色而興味索然。或者安排瑞士的火車之旅，可以飽覽自然風光，欣賞跌宕如波浪的群峰；而德國溫帶森林、老城和古堡建築迥然不同於東方的自然景觀文化風貌，應該可以滿足父親的好奇……在和父親的視訊通話中，我一一描述給他聽，我們打算暑假開始便成行。最後請父親敲定行程時，他才說起，年輕時，公司犒賞員工旅遊，曾在義大利參觀過美術館，印象不錯。

父親一向吝惜正面讚美，「不錯」二字，已是屬於他所使用的最高級佳評。義大利的美術館不知凡幾，想來，不管當年參觀哪一處，都在他的腦海烙下銘記。那是有別於海上漁撈生活的單調、粗重、髒汙、血腥，足以提供給他一種美的洗滌與震撼。

就在確定行程之後不久，父親卻因為車禍，住進加護病房二十餘日。期間曾恢復意識，每次探視，我就提醒父親約好要去的旅行，一定要早日康復。父親聽聞後只是眼光僵直，皺著眉頭。如今回想，在插管而無法言語的父親面前，我卻說著與生死病痛無關的旅行，實在不合宜。然而那時也想不出什麼說詞才能激起父親的求生意志，只是試圖緊緊抓著他，不希望他一個人出發，孤獨踏上一趟在我規劃之外的、毫無歸期的旅程。

終究，父親還是拋棄了我們，獨自遠行。

停靈期間，我們幫父親備辦一切旅途中所需。空檔的時候努力摺著紙元寶，希望如果備辦得不齊全，他可以盡情花費，不用再顧忌、苛待自己了。

那次，結束一天的守靈，回家的路上，大弟突然對我說，父親火化之後，他想另外裝盛一瓶骨灰，帶著去旅行，撒在走過的地方。

我說好，我也帶。心想，這也許是另一種方式，陪父親旅遊。

# 房間

在我就讀國二的寒假時，我們從高雄前鎮遷回父親的故鄉茄萣。新家坐西朝東，位於三叉路口，原是個不錯的店面地點，也許父母親當初購屋時，考量將來脫手會有增值的空間。但幾十年過去，人口外移、新的建案繼續推出，這個售屋獲利的願望彷彿一顆放得太久的氣球，慢慢洩氣消癟。

父母親住二樓東向臨馬路的房間，需要拉上窗簾，以擋住烈陽與徹夜照得全室通亮的街燈。但遮得住陽光與街燈，卻遮擋不住日夜的車聲隆隆，尤其夜裡奔馳而過的輪胎輾過不平整的路面，也把人的睡眠輾得坑坑疤疤、支離破碎。家中只有母親絲毫不在乎，也許她生活忙碌得像參與大大小小的戰役，這樣的車聲對她而言，只如槍林彈雨中揚起的風沙，微不足道。而父親長年在遠洋漁船上，習慣海上的靜謐——本就敏感淺眠的他，不知在家期間是如何忍受這嘈雜的？於是在我們姊弟都離家就學、就業後不久，父親便由喧囂的東向房間，住進原先是兩個弟弟住的西向房間。

那房間外頭加了遮雨棚，屏蔽了大部分的光線與風。夏天便像個看不見炭火的爐，慢慢煨熱著，而冬天則像個永夜的極區，結結實實地凝凍著。怕吵、怕冷、不怕熱的父親住進這個房間後，房裡便充盈著屬於他的風格與氣味。靠牆有座玻璃櫃，收著弟弟步出校園之後再也用不著的書；雙人床旁一張小茶几，上頭放著小鬧鐘、手電筒、一罐莪朮油、一架小收音機；地上放著立扇、電熱器；牆上幾個掛鉤，吊著換穿的衣褲。多年來幾乎不變的陳設，在我腦海中已成一幀泛著復古色調的定格照片。姪兒們回家小住，樓上樓下玩鬧，也不太會走進這麼一目了然的清簡房間。

我們姊弟一一結婚、生子，每當有人攜家帶眷回去，房間便需要隨機重新分配。尤其是過節時，幾乎所有人都回家，三樓給大弟、小弟兩家人，我也是淺眠怕吵的人，於是父親便把房間讓給我，回到母親的房間。夜裡，我躺在床上，雖然用了自己的枕頭、棉被，屬於父親的氣味仍若有似無地飄蕩空中。原先抽菸的父親，幾年前罹患攝護腺癌，接受放射線治療，經醫生囑咐必須戒菸後，他超過一甲子的菸齡便戛然而止。他一向和我們聚少離多，原本就覺得他是最陌生的親人，看到他如此輕而易舉地擺脫菸癮，我越發覺得父親比陌生還更遙遠——他那股決然的毅力，我既敬服，卻又莫名地畏懼，覺得他也可以隨時斷然割捨其他的什麼。

幾年下來，房間的菸味已漸漸褪去，換上了另一股氣味，帶點清甜與涼辣。夜裡，我雙手枕在腦後，看著漆成淡藍色的天花板與牆壁，揣想父親睡不著時，這片藍會喚起他的回憶嗎？這既是天空又是海洋的顏色，幾乎填滿了他的一生。年輕時，這顏色意味著盈溢在無邊的海天之間，他的孤獨與思念。等年老回到了家，只剩下母親陪伴，他在黑夜的斗室中，對這熟悉的顏色，會是眷戀，還是厭惡？我在思緒漫無目的飄蕩中，彷彿也躺在一艘船上，浩渺的海潮在眼前低迴，逐漸航向那藍色的深邃處……

我們姊弟從這房子離開，再回來時都成了短暫的過客。這個家，似乎一直無法同時容納成長中的孩子與為生活勞碌的父母。當小孩在此蓄養青春起飛的能量時，父母親一個在海上捕撈，另一個在陸地揮汗。而當我們離巢高飛，年老的父母才回歸，在此慢慢踱步，靜靜地老去。二十幾年來，偌大的房子都由退休的父母親獨守著，寂寥長日，總是盼望著過節，屆時才會充盈著人聲。後來，父親學會使用 Skype，每晚和母親等待我們姊弟的視訊通話成了生活重點，唯有如此，才能為一天的悠悠等待劃下安心的句號。

幾年下來，時間凌厲地摧枯拉朽，父母親老化得快速，尤其是母親，從一次小中風之後，健康有如重力加速般直往下墜，又因肢體平衡不好常跌倒，同時還罹患躁鬱症，個性變得執拗，不斷重翻陳年老帳，無視父親為她所做的一切，想必年邁的父親早已身心俱疲。

有次回家小住，某個午後，父母親特地要我一起到二樓父親的房間。父親從角落拿出一小包又舊又縐、由塑膠袋裝裹的東西。若不是由他拿出，我大概會當成久未使用的雜物。我們坐在床緣，他將東西攤開，原來是母親的金玉飾品，說要分給我們幾個孩子。我才恍然，意識到父親對未來的打算了。

父親布滿青筋、皺紋和斑點的手不由自主地輕顫著。我們一起發落了所有的物品，又重新包捲成一袋，他對我指明放置處之後，彷彿完成一樁重大心事般，神情輕鬆。只是他不知道，在那個下午，在被吞噬了光線的房間裡，那樁心事並未消失，只是無聲卻又無比沉重地移轉給我了。

原來父親在許多等待的時刻、許多不眠的夜，清清楚楚看見自己正蹣跚走向衰老，而終點不知何時會到來，於是體貼地預做安排，以免將來這些零碎的事造成我們的困擾。

一年以後，父親載母親去就醫途中發生車禍，雙雙住進醫院。隔兩天父親因呼吸困難住進加護病房，期間雖曾病情穩定，但最後還是永遠地離開，來不及留下一句話。白日裡，我們去殯儀館陪伴父親，晚上回到沒有父親的空寂中，在客廳圍著圓桌，靜靜地摺元寶、蓮花，也摺疊種種理不清、無以言說的情緒，取代過往熱鬧喧噪的年夜飯。外面春節期間的鞭炮喧騰離我們很遠很遠。

從意外發生到辦完後事，不過一個多月的時間。拿回靈堂的父親遺照後，我們還不知道如何安放。他離開的方式如此決絕，如此令人措手不及。於是，只好將照片掛在他的房間，正對著床。照片置換了父親真實的存在，營造了房間一切如舊的假象。

以往父母親短暫住在北部，總是不習慣，寧可留在高雄，生活事務無法由子女代勞，在老年的病痛之外，還要忍受種種不便。最終，父親還是在此度過最後的歲月，哪裡也沒去。我們鎖上屋子，帶著母親及兩箱衣物北上。

父親過世後百日內，每逢初一及十五，住台南的姊姊代表所有人回家拜飯，並且將照片傳到LINE的家族群組。照片中，陽光總是豔豔地，一如往常，斜穿過門窗，將室內判然分為明暗兩處——暗處有如模糊的過去，輪廓暈淡；而亮晃晃的光束中卻浮竄著灰與塵，籠罩在空蕩蕩的屋子裡……一切都如此令人恍惚迷茫。

趁著清明節連假，大家又從各地回到高雄掃墓。大弟一家住三樓；母親的房間較寬敞，讓給小弟一家住；我和母親睡在父親的房間。夜裡，靜悄悄地，身邊的母親呼吸逐漸沉穩。我不確定大家是否已入睡，還是如同我一般定定凝視著天花板，盯到整個房間慢慢回滲出飽滿而濡濕的記憶，從牆壁油漆的微小裂紋、踢腳板、角落、門縫、衣架、床墊等處悠悠蕩蕩滲出，聚合。

躺在床上，我彷彿可以看到父親生前維持多年的習慣。每天晚上和我們通完視訊之後，又結束寂寥的一天，他關上一樓的鐵門、電視、燈，佝僂著步履爬上二樓，先探視母親，若她睡了，就幫忙把電視、電燈關上，蹣跚進自己房間，換下的衣物掛在牆上，慢慢地落坐在床緣，把電扇或電熱器扭開，接著打開常聽的收音機頻道，掀起棉被躺進去，不知輾轉了多久才悠悠入睡……半夜幾次醒來，上廁所，順便看一下母親睡得如何。回床上後，或許再繼續聽收音機，或許嘗試再尋找飄忽的夢鄉……有時睡到半夜腳抽筋痛醒，倒些印尼莪朮油按摩僵硬的小腿肚……父親漂泊海上時，就醫不便，所有的大小癢痛傷創瘀腫，都靠印尼莪朮油來自療，房間便充滿這種融合了香茅、薄荷、薑和蜂蜜的清甜涼辣特殊味道，這種味道，長久以來飄蕩在整個空間，也飄蕩在我的記憶中。

母親北上後，很少提到父親，無從知道她是否終於體會父親的包容與默默付出，是否對父親懷著歉意。但我始終相信：若是父親仍在，他還是會天天

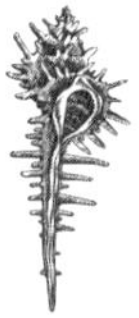

等候我們的視訊，每晚探視母親是否安睡。
只是，那樣的真實畫面，已經永遠無法再現。

# 陪伴

下了高鐵，拖著行李跳上計程車，司機大哥一聽目的地是台南醫院，或許也看出了我的神色透露些異常，便自動加速前進。他似乎想憑著腦中的地圖搜尋捷徑，卻不知街道早已重劃，新建築林立，像誤入迷宮般找不到出口，最後到了死巷。因為延遲了時間，向我迭聲抱歉。而我當時心中一團紛亂，面對這樣體貼的司機大哥只覺得感激，不可能怪罪的。

回想早上才進辦公室，便接到姊姊的訊息，說父親一早開車載母親去高雄就醫，在接近興達港的某處大轉彎時，不知怎地竟撞上路燈。猛力衝擊下，安全氣囊爆破，他首當其衝，連後座的母親和外籍看護也受傷，三人被送進醫院。

姊姊早上準備出門工作時，接到警察電話，直接趕到醫院，安排三人看診、住院，中午才剛離開，趕回去工作。我接獲訊息，趕忙請假，便直奔台南。抵達醫院，已經是午後了。

一進病房，便看見父母親半坐躺在靠著門邊的兩張床。母親的外觀看起來沒有受傷，但經過檢查，有兩根肋骨出現裂痕，只能靠靜養，等日後慢慢癒合。父親的傷勢就嚴重多了，右半臉一大片瘀紫，眼睛腫成一條縫，鼻下掛著供氧的細導管，右手掌撕裂傷，縫了幾針，用護具固定，看得令人怵目驚心。

父親見我到來，臉色看起來並沒有因為心安而鬆口氣的感覺，反而是訕訕的，彷彿不小心闖了禍，必須要我們來收拾殘局般的神情。他一向不願麻煩子女，卻因這次事故讓我們放下工作，南北奔走，顯得過意不去。或許還因為他一向以自己的駕駛技術、反應速度為豪，為何竟會撞車？是不是也像其他年輕時視為理所當然的能力一樣，不知何時，被時間之神悄悄收回。看不出父親是因為感傷、消沉，還是僅僅因為疼痛，而不想再對事發經過多說什麼。母親則談起當時她正閉目休息，並不清楚發生的經過。

見了父母親，原有的憂心也並未因此就變得較舒坦，有更多的自責湧現。父親其實不該感到愧疚的，讓年老的他開著車載母親就醫，該羞赧的是我們，而不是他。

才沒多久，便到了醫院供應晚餐時間。我知道父親即使受傷也不肯假手他人，便先幫忙架好餐桌、擺好食物，讓他慢慢用餐，接著我再餵母親吃飯。母親並非無法自行進食，只是因為輕微失智，吃著吃著，便掉入一種恍惚，似乎有千百件事等著她處理，而導致愈吃愈急，狼吞虎嚥，已經鼓脹了雙頰，還不斷往嘴中塞食物，掉了滿身滿地，最後因為嗆到而將滿嘴的食物咳噴出來。幾經勸阻皆無效，才開始餵食。此時母親沒有了平日的躁動，彷彿口中咀嚼的是這一日的險況，顯得沉靜。

我在兩張病床間，左右看顧著他們。父親明明受傷較重的，但是我花大部分的時間在照顧母親。又不能讓父親感受到我關注的眼光，以免不自在，只能偷覷著。而不知為何，每偷看一眼，他臉上的傷彷彿會膨脹、移轉一般，讓人看得也跟著疼。

小時候，也許父母親曾經一左一右在我身邊，牽著我，那種溫馨場景已不復記憶。但此刻，一樣在他們之間，他們被時光摧毀得又老又病又傷，我的雙臂不夠強壯，無法圈護著他們。無奈的是，就算我們四姊弟手拉手將他們護翼起來，又能夠抵擋時間伸出的魔爪多久？

對床的看護滑著手機，偶爾聽見聲響，抬起頭看一眼，眼神還帶著剛從螢幕上拔出、來不及收回的情緒；而病床上一張蒼老的臉龐則漠然地看著我。此時此刻，不同的疾病與遭遇把我們拘在同個房間，病床隔簾頂多讓人不直接袒露，阻隔不了任何洩密的聲響，屏蔽不了絲毫的隱私，大家只能言語上謹小慎微。

我回過頭猜想，父親的沉默是否跟這個有關？儘管不相識者，他也不願讓對方知道詳情而失了顏面。

用過餐後，病房就該陷入沉寂，以睡眠度過難捱的時光，希冀天亮時睜開眼，離病痛遠些，離復元近些。但鄰床病人，不見身邊有任何陪病者，從白天就不時發出驚天駭地的咳聲、呻吟；到了夜晚，又加上如雷鼾聲，原先勉強忍受的，此時所有聲響經過黑暗的共振而放大，整間四人房像住了幾十人。我躺在又窄又硬的陪病床上，經過一天的驚嚇與奔波，身體極端疲累，意識卻像精密雷達持續待命，不斷偵測周遭動靜，在腦頁中定位警示。想必淺眠的父親也是如此。

在噪雜的聲音中，突然有一陣異樣的窸窸窣窣，讓我從夢境的邊緣被拉回現實。起身一望，原來是父親起床想小解，摸索許久，無法蹲身，也無法彎下腰拿床底下的尿壺。我趕緊上前幫忙。

將尿壺遞給父親，他坐在床緣，卻解不出來；想起身，又顯得困難。我便扶他站起來，一手幫忙拿著尿壺。父親雖低著頭，看不見他的神情，但可以感受到動作顯得有些遲疑，我意會地把頭轉開，也突然醒悟，父親應是早就預知這種狀況，所以才不願吵醒我。卻不料處處力不從心，等到我發覺了，那窘況再也無法掩飾，最後只得放下尊嚴。

等安置好父親，又躺回陪病床，思緒紊亂，想著父母親不知何時痊癒出院，之後又該如何安排。先前父母親不願北上和子女同住，年輕的外籍看護經驗不足、語言不通，還在適應新環境，很多事無法代勞，經過這事，父親會不會改變想法？……

四周的簾子拉上，但所有聲息依舊不斷穿透、擴散開了。燈光昏暗中，飄散著看不見的、濃重藥味的病痛，整間病房在鬧騰騰地寂靜著。

勉強撐到天明，幫著父母親漱洗、用餐，等候姊姊弟弟到來，協調護理站換病房。終於等到別的病房空出兩張床位，遂轉換房間。

父親似乎忍著種種不適，鮮少表示意見，只是由著我們去安排。連親友來探病，他也沉默不語。

第二晚由大弟接手陪病。父親的小解變得不順暢，最後只能由醫生導尿。我們又另外聘一位看護專門照料母親。

第三天，父親呼吸困難，血氧濃度降低，醫生便安排進一步檢查。

我們以為只是檢查，結果父親卻緊急插管，被送進了加護病房。
當時不知道，那天的陪伴，是我和父親最後的相處時光。

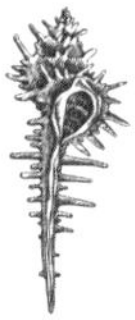

# 遺物

早先，父親為自己和母親留下一筆養老金，其餘的錢則分別給我們姊弟四人，包括媳婦女婿孫輩都有，雖然為數不多，但他想盡量做到公平。我們姊弟都有穩定工作，生活無虞，並不需要父親的錢，很不明白他為何急於安排。

我從不知父母親究竟有多少積蓄，更不了解父親所準備的養老金有多少。只知道一向不隨意花費的父親，在母親輕微中風而行動不便之後，擔起家中的採買工作，總是固定的幾樣時令蔬果，即使是他所嗜吃的魚，也是到興達港口挑選剛卸貨的便宜魚種；有時因為疲累而不想張羅，就買兩個五十元的便當，湊合著也打發了一餐。

我們姊弟一直定時給父親家用，不懂他為何對自己如此慳吝。有次，父母親起了爭執，因患躁鬱症的母親只要一聽鄰居隨口提及的草藥、食物有助於降血壓、血糖、助睡眠……便執拗地要父親去購買。父親若不從，母親便會負氣騎著電動三輪車自行出門。已經行動不便了，她仍不改急躁的個性，好幾次因轉彎或加速不當而翻車。為了母親的安全著想，父親只能如她所願。只是，果真買回來後，她吃了一兩回便又擱置，堆疊在廚房桌上——不知是作為自己曾經努力的證明，或者為了驗證偏方的無用，類似事情一再重演。從兩人的爭執中，我才知道，父親是擔心萬一養老金用罄，他和母親想必是更老、更病，就要變成孩子的負擔，這是自尊心極強的父親最不樂意見到的事。

那年夏天，我回家小住，父母親特地將我叫到樓上。父親從他的房間角落拿出一小包東西，攤開一看，原來是他們所收藏的飾品，說要分給幾個孩子，我才意識到父親進一步的打算。

近幾年，面對母親鎮日反覆叨唸陳年舊事，父親選擇沉默以對。他原本脾氣暴烈，不知需要多大的忍耐才能壓抑怒氣。我清楚看出，母親病後才一兩年的時光，他的眼神便由晶亮銳利變成黯淡鈍眊。儘管如此，他在沉默中，依舊打起精神，獨力照顧加速老化的母親，以免在外地工作的我們分身乏術。同時也在沉默而煎熬的日子裡，細細思索自己的身後事。

母親習慣將飾品東塞西藏。記得小時候，喜歡偷偷打開母親的梳妝檯，檢視琳瑯滿目的化妝小物，都未曾翻出貴重飾品。母親偶爾因出訪親友或參加婚宴而打扮時，才像個魔術師，不知從何處揪出一條項鍊、一只戒指戴上，我總以為母親有很多私藏。如今看著一小包飾物，猜想或許在我們姊弟嫁娶時，有些已拿去銀樓翻成新的流行樣式，華麗而燦爛地掛在女兒、媳婦身上了吧。

父親一一拈起檢視，並詢問我的意見，哪個飾品適合給誰。事事有意見的母親反而不發一語，想必父親提前和她說妥了。我們商量分配，並一一貼上標籤。父母親似乎覺得自己辛苦積攢了一輩子，除了容身的房子、養老金，就只這些了：幾條金銀項鍊、戒指、玉墜，因此而滿臉歉意。他們不知道，這些飾品在我手中掂起來，感覺無比沉重。雖然想告訴父親不需要感到抱歉，從小到大，我們已經得到太多太多，有虧欠的是我們，無以還報的也是我們，但這些話語堆疊在齒舌間，始終沒有說出口。

如今，我才察覺，多年前的那個夏日午後，在父親陰暗的房間，原應遲滯燠悶的空氣，卻不知怎地帶點涼意。我們三人坐在床沿低頭翻看的畫面，是父親單獨留給我的遺物。只是不明白，當時的我怎能如此若無其事地和父母親商量分配？是僅僅以為父親多慮，絲毫沒有警覺他已經年近八旬？或者，覺得父親不同於其他老人有所顧忌，顯得開明灑脫，不避諱事先安排？還是，其實，我就是不如父親的勇敢，不敢面對內心最深沉的恐懼，只是懦弱地想否認一切，故作若無其事？

或許，父親這樣安排是早就有預感。一年以後的春節前夕，父親因車禍被送進加護病房，二十餘日後過世。

守喪期間，我們姊弟談論父親的種種，陸續憶起，每當回老家時、或者和父親的視訊通話中，他總是有意無意地告知存摺印章、房地契擺放的地方，喪葬方式，日後骨灰罈放置處……一切他在加護病房昏迷中無法告知的，都事先分別向我們透露了。我才恍然，那是父親準備已久的，最周詳、而不驚

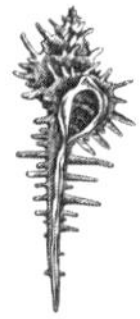

擾任何人的告別方式。

父親過世之後，我們接母親北上，房子一直閒置，姊弟四人散居各地，日後也不可能再回老家定居，於是商量後，決定出售。房子是父親唯一沒有明確交代的事，不知是來不及，抑或是他早已了然於心，這是無法避免的結局？

兩年後，我們著手整理房子，真正面對父親所有的遺物。父親收納個人的物品一向井然有序：五斗櫃裡的簡單衣物、衣架上的鴨舌帽、吊帶褲夾、床頭小收音機、寫字桌抽屜裡的記帳本……彷彿耐心等待著臨時出門的主人，卻等到絕望，上頭都蒙了灰。父親的遺物不多，我們姊弟各自拿了幾樣作為紀念，其餘則裝箱回收。而我是早在兩年前辦完父親喪事的那個冬天，發現衣櫃中一件灰撲撲的橄欖綠羽絨外套，父親曾在幾幀出遊的照片中留下穿著這件外套的身影，我便取下帶回家。

帶回家後，掛在臥室的衣架上，臨睡前，眼光總是會不經意落在外套上。看久了，這件空外套的領口彷彿會伸出父親晚年蒼白枯瘦的臉及華髮，袖口半露出因凍冷而握起的拳頭，下襬則是細長的雙腿，一個投影似的形象定定地和我相對。

還記得那年的冬天特別冷，寒到骨子裡，彷彿要凍結所有意志和情感的狠法，北部平地還飄降了冰雪。

有時我也會穿上橄欖綠外套。雖是略顯寬鬆，袖子稍長，但被輕暖外套包覆著，令人眷戀又感傷。有一股沒有完全洗褪的熟悉氣味，與一種說不出的沉重，對摺又對摺，充填在羽絨的每一個蓬鬆間隙中。

輯二

# 被按熄的夢

# 母親的夢

睡夢中，有人偎靠過來。起初以為是夢境，但身體的溫熱，讓我在朦朧中意識到是母親，不知道為什麼，她從自己的房間跑來跟我擠在同張床上。我往牆壁靠，挪騰出位置給她，翻了身準備再重回夢鄉，母親卻開口：「我夢見我快死了……我去算過命，伊講我會活到……歲……」

我含糊應道：「不會啦，妳只是在眠夢。算命的話不能聽啦。」才說完，自己的聲音在一片沉寂中顯得異常粗嘎，便把我從昏寐國度猛然拉回現實世界。

睜開痠澀的眼，街燈從窗口透進來，櫥櫃、衣架、梳妝檯，一室的家具在幽黯中浮現清清楚楚的輪廓，像我初醒的意識一樣。我屏息側耳，等待著母親接下來還會說什麼。一片寂靜中，卻只有耳邊傳來的沉重呼吸聲，愈來愈沉，終至低吼起來，她開始打鼾。

母親說這話有幾分真心呢？

這次回鄉和以往所見並沒有不同，母親從早上股市開盤時便和父親目不轉睛盯著電視螢幕關心漲跌，衝鋒陷陣。父親一向留心電視上各台名嘴分析股票，又曾加入某分析師會員，每天有收不完的簡訊和語音電話、傳真，雖然不知道盈虧如何，但感覺他挺像個股票玩家。而母親則獨立作業，完全不知她根據哪裡的情報，勇氣十足跟著指數殺進殺出，蠻勁也十足，顯現外行人的無畏與天真執拗，像個樂觀的賭徒，總以為下一輪便會翻盤。彼時的她，完全看不出會掛心生死問題。

依我的想像，如果預知了自己死亡紀事，經過一連串的驚恐、否定、沮喪期，最後只好和事實妥協，儘管不甘願、不捨，還是得把握所剩無幾的時間安排一切，務必留下最少的遺憾才肯戀戀地離開。而母親，那股想再賺一筆的雄心豪情，讓人覺得她還準備用賺來的錢過上幾十年的奢華日子，渾然不知老之將至，為什麼她會覺得自己快……應該不是認真的吧？她幾時去算命？為何現在才說？

我的瞳孔應該像午夜的貓眼放得極大，不僅看到母親熟睡時習慣性緊皺的眉頭，還看到更早以前她熱切追逐的夢。

母親一直熱衷追求財富，除了勤奮地工作，有一陣子偷偷瞞著父親簽六合彩、玩大家樂，彷彿只要她發了財，人生便會有所不同。曾經問她：要多少才算有錢？她說很多很多（意思是多到沒有單位可以數算出來？或者不肯輕易透露想望的底線，以免財神抽回超過母親所許下的額度？）。又接著問：哪一天真有錢了，可以隨心所欲花用，想做些什麼？她說：「等有了錢再說吧。沒錢的時候，妄想再多也沒用。」

因為還沒有錢，所以一時之間還沒計畫。但是在還不知道可以拿財富做什麼時，她全心繫之、全力以赴，常常為一點蠅利欣喜，為狂洩不已的股票指數悲怨傷痛，認賠殺出，而離發財夢愈來愈遙遠。她務實地等待真正發財之後再做任何計畫，卻又以僥倖的心態去賭指數的漲跌。母親究竟是務實，還是不切實際？我已經無法分辨。

母親追求財富是為什麼？早年的時候，為了家、為了孩子而減省用度，努力攢積，如今提供給下一代穩定的成長環境和教育都已具足，我們姊弟已經逐漸步入中年，各有職業和家庭，可以合力供給父母親生活無虞。我們若想擁有理想的生活品質，得憑各自本事去掙取。她應該不是為我們而作著發財夢吧？總有幅屬於自己晚年的幻想藍圖吧？以往為成就小孩、成全家庭所割捨的種種，現在可以一一拾回。雖然從不知道她和父親年輕時曾經割捨了什麼，我還是勸他們趁著還有體力的時候到處走走，也建議上長青大學的課程，和年紀相仿的人學習新的事物，拓展生活圈子，可以減緩退化。但他們總覺得太浪費錢，不然就是興趣缺缺。於是，省吃省穿省生活花費，彷彿錢財累積本身就是目的，已經蘊含無窮樂趣。累積既沒有終點線，也就無法跨越那道線，從此停止攢積而開始享受花錢的樂趣。

苦勸無效，後來我便打消遊說的念頭，如果母親喜歡攢積，就隨她去。只要她覺得快樂就好，快樂的方式不總是我所以為的那樣。尤其在我們姊弟紛紛離家後，父母親也從職場退卻下來，這看來彷彿是種不需費力的賺錢方式，但其實是他們消磨漫漫長日的唯一娛樂。

天亮之前，恍惚中知道母親起床。而我因為中斷了睡眠，意識一直在清明和幽冥之間擺盪，不知是延續母親的夢還是自己的，不知腦中霓虹燈熠閃似的念頭是遙想，還是臆想。我翻個身試圖補眠，睡意卻怎樣也無法就捕入彀，只得起身。

隨著白天一切的人事活動逐漸升溫，母親又興沖沖投入她的戰場，渾然忘記夜裡的黯淡。她的日子截然分為兩段，股票開盤和收盤時段，光明與黑暗，所有悲觀的念頭似乎只有在睡不著的時候全數湧現。反倒是我，強睜著雙眼，開始無精打采的一天，包辦細細瑣瑣的家務，讓母親可以有幾日清閒。

而總在半夜的時候，被偎靠過來的母親吵醒，意識在她一波波的鼾聲中沉浮。直到北上，才終於彌補了連日來的睡眠不足。

才隔一晚便接到母親的電話，她說半夜醒來後，上樓到我的房間，一看床鋪是空的，才發現自己剛剛作夢，以為我回家了。

接連幾日，母親持續作同樣的夢，一再重複的夢讓她都糊塗了。性急的她不待天亮，必定要半夜摸索著上樓去確認我是否真的回家了。一段時間之後，她才不再夢見我，徹底認清我需等下一次的長假才會回去。

那天母親又打電話來，我問：「又夢見我回家了？」

母親說：「不是。我是想問，如果哪一天我走了，妳會想念我嗎？」

# 陌生的母親

將紙尿布攤開，讓側身的母親躺平，從她胯下拉起尿布，黏腰貼時始終無法平順，原來是穿得前高後低了。只好解開，重來一次。穿好後，替她拉上褲子，她細瘦的腳無力支撐肥胖的腰臀，我使勁又拉又抬，氣喘吁吁，才將褲子穿好，她終於可以睡得安穩了。

我無從得知小時候母親是如何幫我們換尿布的。但外甥女晴出生時，姊姊因工作地點離娘家近，且她的公婆年事已高，因此回娘家坐月子，之後就長住下來，繼續由母親照顧。母親看我們幫晴換尿布時，總在一旁叨唸動作太慢，小孩的肚子要蓋住，才不會著涼。現在輪到幫母親穿尿布時，我也習慣先拿衣物蓋著，此時她脆弱無助如嬰兒，只是這個巨型的嬰兒不會給人帶來成長的喜悅，只有一天天萎蔫，令人感傷。

回想昔日，母親閒時抱著晴，做家事也背著。雖然我對自己幼時完全沒記憶，但我彷彿看到她也是這樣對我們褓抱提攜的。不禁懊惱自己從青春期開始，變得不可理喻，和母親漸行漸遠。而在我們需要她的時候，她還是歡天喜地接納。姊姊下班後，有時太累、有時繼續忙著帶回家的工作，母親就得夜以繼日照料晴。深深覺得：晴是上天給我們的最好禮物，讓我們看到自己也曾經如此依賴母親。

一直到晴要上幼幼班，姊姊帶她搬回到夫家。聽說接連幾晚，晴將奶瓶和布偶放進小背包，抱著背包坐在樓梯口哭，哭得聲嘶力竭，簡直肝腸寸斷，吵著要回家找阿嬤，讓姊姊覺得彷彿綁架了自己的小孩，只好幫晴打電話。不知道母親說了什麼，晴只是噙著淚不住點頭，掛完電話，就肯乖乖吃飯、睡覺了。假日，姊姊帶晴回娘家，晴緊緊摟著阿嬤不肯放，其實晴不知道，她早已經是阿嬤的心頭肉，無法割捨。

晴如今也許忘了，但母親談起這些往事，就像虔誠的教徒數算同一串佛珠般，說了又說。因為除了晴，她的生活沒有其他新事物可以堆疊、關注。尤其當晴拿英文作業給她看，說要教她，還說長大以後要賺錢給阿嬤，讓她得意極了。晴是母親第一個捧在手心呵護長大的孫輩，我們給她的生活費都沒有晴口中的長期支票來得令她欣喜。但這欣喜持續不久，她隨後便悵惘地說，等晴會賺錢，她不知道自己會在哪裡了。

母親的預感似乎漸漸成真，日復一日，她的生命力彷彿被地球自轉的強大離心力一點一滴甩乾。就在孫輩忙著長大、應付繁重課業，兒女忙著工作時，母親靜靜地老去，開始頻繁地跌倒受傷，加上脊椎側彎、小中風、高血壓、糖尿病、肝炎、暈眩、失眠、無力久站……這讓個性外向、勞動了一生的母親覺得無法承受，而陷入嚴重躁鬱，不斷挑剔身邊照顧她的人，打電話四處抱怨，像重複播放的語音留言，讓親友不勝其擾。疾病徹底將一生勞苦付出的母親轉換情性，即使孱弱，卻變得張牙舞爪，變成我們再也不認識的人。

母親其實也不認識她自己了。一天，我為了幫她申請證件，臨時帶她去拍快照，依上面的說明調整座椅高度，試著讓她佝僂的身體能坐得挺一些，順了順斑駁的白髮，選擇尺寸……努力要幫母親留下一張漂亮的近照。母親一向注重儀表，但那天，除了沒有如往常為拍照而特地換上正式服裝之外，她也失去了以往特地展現，或者裝就優雅姿態、自信神采的能力——只見照片中的她蜷縮在一層層暗色厚重的冬日衣物中，身子縮駝著，眼神黯淡，眼袋鬆腫，只有年輕時的紋眉還盡職地抖擻，卻讓神情充滿異樣的不諧和，其他線條彷彿都失速下墜了。而下墜的，又不僅止於此。

歲月究竟是如何偷偷將肉體與心智置換，而成為陌生的存在？即使她就在我眼前，行動艱難、話語顛三倒四。但不知為何，拍出來的照片仍遠比她本人傳達給我的訊息還要更多。也許，我雖確實知道母親老了、病了，但潛意識裡根本不想接受這樣怵目驚心的老法，所以看不清殘酷的「真相」。

我將洗出來的照片遞給母親過目。她卻木然地看著照片中皺紋深刻、眼神無光、一臉說不出是空茫還是愁容的自己，反過來問：「這是誰？」

我無言以對。

靜默中突然憶起，晴幼時坐在樓梯口，哭喊著要找阿嬤的深深眷戀。

潮聲

# 凝滯的時光

不拘外頭是酷夏或嚴冬，此處的二十六度C恆溫，讓人誤以為流淌的時光在這裡停滯了。

電梯門一開，便面對半牆的窗口。如果俯視窗外約一百公尺遠的學校籃球場，便會看見小學生在老師的指揮之下打球或玩遊戲，活力充足，喧譁蹦跳。而窗內，經常駐足觀看小學生的安養院住民，有的拄著助行器踽踽而行，有的坐在輪椅上被人推送著來來去去，常被一口痰或者口水嗆得狂咳，將口中的食物噴灑出來。也許某一天，某個老者便不見了，激起一些微弱的耳語。過不久，便有新的老者入住，再漾起一陣漣漪，不久也復歸於平靜。

每到用餐時間，照服員推著車子，將裝盛特定食物的餐盤端到每個人面前。雖說入住的時候都會被詢問對何種食物過敏，確認各種慢性病該忌口的食物，及咀嚼與消化能力，但其實，我觀察久了也發現，每個餐盤裡低油、低鹽、低糖的食物並無多大區別，差別只在可以自己進食，或被餵食。

母親被安排在餐廳角落的小桌子和X小姐對坐。原本剛入住時是在大長桌，但她學不會用手轉動輪椅，加上曾輕度中風，只能用較有力的右腳一頓一頓抵著地板倒退，行進得歪歪斜斜。輪椅太寬，母親坐不正，常往下溜，呈半躺的姿勢。她磕磕撞撞，往往壓到別人的腳卻不知情，自顧自地離開，待有人按捺不住而發脾氣後，母親才訥訥地道歉。才住幾天，她已經得罪一些人而遭排擠，於是被換到邊陲的雙人座。同寢室的X小姐倒是很關心她，願意和她說話。

在工作空檔或下班後，我會帶著餅乾、水果、日用品去探視。母親和其他久住在安養院的老人彷彿相同，卻又不完全一樣。相同的是對自己的衰老無能為力，在與時間的對抗中，一寸一寸地棄守，即將彈盡援絕的窘境畢現。不一樣的是，多數其他老人似乎已經適應了，放下過去種種，而安於自己的現況——一張床號、一個餐桌位置、一份住院病歷紀錄，偶爾的親人探視；母親卻還緊緊擁抱著過往的人生，被自己拖累著。

母親進食速度太快，以致常嗆到，而食物未經咀嚼便直接吞嚥，據說也是造成失智的成因之一。所以只要趕上院中的用餐時間，我便慢慢餵母親吃飯，邊和X小姐聊天。母親患重聽，而且總是眉頭深鎖，令人無法從表情得知是否聽進去了，問她話，總要重複幾遍，她才會應答。安養院的老人雖然時間多，卻不見得有耐性，於是找她聊的人很少。X小姐真有耐性，願意哄母親。她看起來大約五十幾歲，活動自如，在一群老病的長者中顯得突兀。常見她在座位上靜靜地用餐，專注地看著日文書、《聖經》，說話很有條理，還會幫忙工作人員收拾餐桌、摺疊清洗好的衣物，不知情的人會誤以為她是照服員。她多次告訴我：母親太單純了，安養院分子很複雜，不能亂講話。那小心翼翼的神情，看起來似乎院內存在著許多不為人知的祕密。然而這麼行事有序、說話條理的人，不知為何，一直把我當成母親的姊姊，常常語帶欣羨，又彷彿安慰母親似的：「妳的姊姊很好，常常帶東西來看妳，令人羨慕。」

雖然X小姐好意提醒，但母親和人溝通如此困難，她能亂說什麼呢？她年輕時的確喜歡四處串門子、打探八卦，每回在家中轉述聽來的人事，都是某某是哪裡人、在哪裡工作、小孩的婚嫁與職業、家中房地產……她所認識的人都是靠著這些數據與資料建檔，歷歷分明。但隨著老化，她一一闔起向外探看的門窗，只閉鎖在自己狹仄的世界，時間遂變得悠長，讓她可以循著記憶之路往回走，逐一檢視平生與周遭人事。但她卻捨棄曾走過的繁花盛景，而聚焦在那些貧乏、灰敗與黯淡的時光。每檢視一次便生發一次的不滿，到最後充滿嫌惡與憤怒，確定自己的人生是被某些人事所耽誤而摧毀的，並且無來由地羨慕旁人的生活，想像其中有她所欠缺的幸福。母親找出剝奪她幸福的元凶就是父親，而且認為必須讓眾人知道是誰在摧毀她，於是一遍又一遍打電話向親友控訴，困在躁鬱的漩渦，也把所有接近她的人都捲進其中。較外圍的人還可以努力泅走、逃脫，而身邊的親友只得隨著她一起不斷打轉。

長久以來，父親獨力照顧母親，想必他已身心俱疲了。後來車禍住院，連一句話都來不及留下，便遽然離世。我將母親接到北部，申請的外籍看護要幾個月後才能來台，於是暫時安排母親住進安養院，特地找了離我工作地點近的地方，方便探視。我對這間規模龐大的安養院有些美好想像，希望原本外向健談，卻因為生病而無法出門的母親可以結交新朋友。孤寂的老人應該很容易就彼此熟稔起來吧。安養院網頁上聲明：老人平時可以打牌、下棋，每週有固定的宗教聚會、市集，每月舉辦慶生會，有不定期的慈善團體來表演……我想，這些或許可以讓母親打發一些時間。

後來才恍然，這只不過是一廂情願。母親一直無法適應團體生活，更無法適應沒有人隨時候命。我經常接到安養院的電話，說是，她半夜自行下床跌倒，我趕緊請假，載她去醫院檢查；又說，她趁照服員去拿替換尿片，自行從馬桶上起身而跌倒，頭撞到洗手檯，我再次請假，送母親去急診。還有，她從輪椅上站起來而跌倒；隨意開別人的置物櫃；不分晝夜請託護理員幫忙打電話，擾人清眠……

母親屢屢跌倒受傷，任誰勸阻都無效。她一再辯說按鈴沒有人回應、一再保證不會任意行動，但是又屢屢違背承諾。護理員要我簽下同意書，把母親束縛起來，固定在輪椅上、睡床上。我對護理員深感歉意，心中很清楚母親只是延續在家中的習慣，不斷發號施令，而且要即刻執行，無法等待。我們心疼母親跌得鼻青臉腫，她自己卻無所謂。身邊的人只能耐住性子，隨時留心。可是，她永遠不知疲憊，有永遠用不完的體力。她彷彿是顆太陽，要周遭的行星圍繞著她轉，但事實上，這股意志的負能量形成一個密度極大的黑洞，把所有人的時間、精力，都瞬間吸入……

忍受著母親對我的指責，還是簽下同意書，我別無選擇。

剛開始還有人願意勸說母親，羨慕她幾乎每天有人探視。他們要母親該知足了，不要再吵鬧了。他們也要我勸母親不要影響他人午睡休息。而我只能苦笑。很快地，這些人勸說與安撫的耐性消失，轉為厭惡，而且，也連帶地厭惡我。

護理員遂一再暗示，帶母親就診時要告知醫生，她的精神狀況不佳，容易煩躁。我很清楚護理員的用意，但根據以往經驗，醫生診斷後，只是開些鎮定劑。家人並不樂意見到母親服藥之後，變得精神不濟、反應遲緩，甚至行動能力變得更差。父親在世時，就寧願忍受她的躁鬱，也不讓她服藥，以免產生副作用。而醫生看了護理員的觀察紀錄，似乎也和我一樣，有意地忽視。

母親彷彿整天就在期待我的探訪，但見面後總是陷入長長沉默。我竭盡心思引她開口，所有的問話卻像石頭墜落深不可測的谿谷，遲遲聽不到回音。她早已遺失笑的能力了，彷彿是被下了咒語，拘囚在某種純粹黑灰色調的時空，如今更失去說話的興趣。她不想說話，讓人更無法理解，為何她要糾纏護理員幫忙打電話。完全像個哭鬧著索求東西的幼童，情緒全面失控，等真正被滿足了，臉上還懸著涕淚，卻只是百無聊賴地把東西抓在手上，忘記先前花了很大的力氣耍賴的目的了。母親正是如此，在我探視的時候一逕皺著眉，任由我絮絮叨叨，她只是嘴角下垂地看著我。

我只好試著讓母親和其他老者聊天。這場景遂顯得有些怪異。我去探視母親，卻是和其他老者聊天。他們問我母親的狀況，說著說著，也聊起自己為何住進安養院。我覺得自己在為母親拓展人際關係，或者弭平別人對她產生的惡感。然而母親並不喜歡，也許認為我專屬於她吧。她的不喜歡赤裸裸地表現出來，繃緊臉上的每一道皺紋。

護理員隔三差五詢問：申請的看護何時到？看來比母親還急，似乎在掂量、計算著自己所剩無幾的耐性額度。那天，一位照服員推著大型推車，將紙尿褲、尿片分送至各寢室，經過身邊時，像是無意中想起似的告訴我，母親出言恐嚇，如果死在安養院，一定會回來找她。聽完後，不知為何，我腦中竟浮現她乍聽到這話時，翻了個大白眼。記得母親稱讚過兩三位很有耐心、笑臉可掬的照服員，常拿東西請她們吃。唯獨這一位，母親當面嫌棄她，說她態度很不好。母親的喜好直接而武斷，毫無轉圜，想必將所有怒氣都集中在她一身了。

忘記那天我是如何走出安養院的。只記得，不到七點，所有老者用過晚餐，在照服員協助下梳洗、換穿尿布，很快地靜下來了。偌大的安養院，一排排的房間、一床床的老者，彷彿睡進了科幻電影中航行太空的冷凍艙，延遲了衰亡的進程，暫停所有思維，也暫停了生命沙漏的計數。照服員讓一切就緒之後，聚在餐廳吃晚餐，低聲談笑。空氣中飄浮著拖地過後濃重的漂白水味道，說也奇怪，那味道帶給我的不是潔淨的感覺，反而像是暫時魘住一些汙穢朽腐，也暫時凝滯了時光。

要離開的時候，母親反而抓著我的手不放。我移開她的手，替她蓋好薄被，答應明天再來看她。

而明天，我知道，當拿著感應卡搭電梯上樓，開啟了保護（或囚禁？）的玻璃門時，那暫時凝滯的時光就會像被解除了禁咒般，接續先前的分分，秒秒，向我湧現。

# 母親將燈一一按熄

這家安養院一樓為挑高的辦公區、交誼廳、復健區、理髮廳、廚房等，二樓以上為住房，頂樓有佛堂。各樓層出了電梯後，便面對半牆的窗，明亮寬敞的空間擺了幾組會客桌椅及一張麻將桌，接著是護理站兼辦公區及餐廳，再進去便是左右對稱的兩排房間。規劃得如此妥善，潔淨清爽，將入住的人罩進一個齊整而充滿光芒的生活空間，彷彿應許了一種與過去截然不同的生活方式。

在此之前，參觀過幾家公寓型的長照中心，一例的陰暗、擁擠，臥床的老人咿嗚不清地說著什麼，空氣中飄散著藥味、朽味，及各種消毒水也掩蓋不了的莫名異味。因此，一見到這家近乎飯店級設備的安養院，立刻決定了。

希望母親會覺得只是來此短暫度假，而不會有被兒女遺棄的感覺。

母親被安排在六樓。我來探視時，常見一位坐在輪椅上的五十來歲男子，左腿打著石膏，黝黑膚色，細框眼鏡遮掩不了炯炯的眼神，獨自一人在會客處用餐或讀報、看書。後來才知道是C先生，因車禍斷腿，來此休養及復健。工作人員和他說話時的態度恭謹，和哄著其他老人的口吻截然不同。他幾次看我來探視，扶著母親來回走幾趟活動身體、餵母親吃飯後，便和我聊起來。主要是談他自己，原本工作忙碌、辦活動，即使現在受傷，還不時有人來探望、商量事情。有次還拿出手機中與某市長的合照，不無得意地炫耀著。絲毫不受周遭老病殘的影響，甚至有意地和其他老人們區隔。

然而過不了多久，他突然對推著母親輪椅的我視而不見，不再熱絡攀談。後來，他終於耐不住，不悅地撇下幾句怨怒，我才知道原因。他要我勸勸母親，別無理吵鬧，妨礙他人的寧靜。

C先生所說的，應該也是院中其他老人的心聲吧，我只能道歉，心中卻極無奈。母親吵鬧是為了打電話給親人，聽她一遍又一遍地抱怨。以往在家就是如此，父親制止無效，如今在安養院一時改不了，要照服員幫忙打電話。照服員忙碌而無暇顧及，母親又因為重聽，所以嗓門大，不斷地央求，在他人眼中變成了無理取鬧。

直至母親生病後，我才慢慢體會，一般人因對病患莫可奈何，只好轉而歸咎家屬。事實上，母親如果可以理性、可以聽進勸說，也許就不至於住進安養院了。

之後，又幾次見到C先生，他總是「忙碌中」。過一陣子，得知他終於痊癒出院。母親還繼續待著，並且不如當初我所預期，把此處當成度假之地，反而是先前隱隱擔憂的事一一浮現了。

母親原本和父親住在高雄。父親過世後，姊弟們商量將她接到北部，而申請的外籍看護幾個月後才到，只能暫時住進安養院。母親的心理狀況比她外表所呈現的嚴重多了。在他人看來，她是執拗、我行我素、不可理喻，其實是因為輕微失智、躁鬱而無法自制。加以近幾年因為不良於行，較少與外界接觸，關注的事物變得有限；而那有限的事物，又被她無限地放大，因此常困在負面的情緒中。躁鬱使她定不下心，一會兒尋索這個、那個，打電話給這人、那人，坐不一會便想起身，但因腿無力，需要人扶持著行動，又支撐不了多久便要坐下，再起身……似乎永遠不知疲倦，也沒有滿足的時候，卻讓身邊的人無奈與疲累。當她被迫來到這裡，沒有人力可以隨時看護她、聽她差遣，她便把所有的怒氣傾洩在一位照服員身上，彷彿沸騰的水需有個調節的蒸氣閥般。我知道，以前父親在世時，便常咬牙承受這些熾熱情緒的各級燙傷。

照服員煞費苦心地安撫母親，試圖讓她及早適應環境。有時，幾位不午睡的老人在會客處湊成一桌，慢悠悠地抓牌、出牌，看不清、記不住，不斷詢問剛剛打出去什麼牌。有人算錯張數、有人看錯花色，即使沒有賭金，也認真地計較輸贏。喜歡打牌的母親在照服員的安排下也玩了幾次，但沒多久即因規定不能有賭金而喪失了興趣。母親總是如此。長期以來，她無法從利害得失中抽離，純粹當一個冷靜的旁觀者，去欣賞別人的遊戲；她總想親自賭一把。而在自己的賭局中，她也從不只當成遊戲，定要分出勝負，賭贏時得意洋洋，賭輸則哀嘆連連。勝了讓她想乘勝追擊，沉浸在獲利的喜悅中；敗了則讓她欲挽頹勢，不接受失落的結局。我懷疑：她在乎的也許無關勝敗，而是在平淡的生活中享受失速的快感。而這沒有賭金的牌戲，令她覺得索然寡味。我原以為院中最有機會安撫躁鬱母親的牌戲，就此被判出局。

前幾年，母親熱衷參加創價學會、聽講道、誦唸《法華經》。我看過母親誦經的小冊子，很不明白：經文是中文，但講師卻以日語發音。母親遂在一旁以中文標音，硬是將整篇《法華經》背下來。我曾因拗不過母親極力邀請，去過一次聚會，發現講解的道理正是我們平日勸說母親的話，顯然她並未入耳著心，否則也不會如此不快樂。我想，講師的循循勸誘，信徒間彼此關懷、激勵的氛圍……一開始也許是吸引母親加入的原因。但後來，她逐漸聚焦在講道後的交流時間，可以得知許多會員的背景，才是她的興趣所在，甚至是唯一嗜好。

以往我總是漫不經心地敷衍母親的轉述，後來才逐漸從她的怨怒中了解：她津津提起別人的景況，其實包含了自己所渴望的種種事物。她好奇的不是別人的隱私，而是她從他人身上發現了自己可能錯過的人生樣貌。

當初知道安養院設有佛堂，便冀望母親可以重新找到精神寄託，拓展新的人際關係。一次，探視母親時，只見師父在台上敲著木魚，台下老人低頭看著經文，專注地跟著節奏、逐頁誦唸。只有母親，一會兒看看手中的經書，一會兒看看師父，東張西望，神情迷惘無聊。這裡似乎只有宗教和信眾，沒有她想尋求的慰藉，所以後來也不去佛堂了。

照服員每天下午撥空扶著她走走路，想辦法和她聊天。而母親恆常緊鎖眉頭，有時回答，更多時候沉默不語。我原先期待喜歡聊天、熱衷交流家境背景的母親，可以在安養院中認識新朋友。但老人們和C先生一樣，厭煩母親的喧嚷，而母親對老人們也顯得冷淡，完全不同於以往的外向健談。我又寄望原本熱衷採購，常讓家中堆滿一些罕用雜物及過期食品的母親，能重拾購物的樂趣，但即使帶她去一樓每週固定擺攤的小型市集，她也只是買幾顆水果，不肯多逛。母親都一一背離我當初的設想。也許她本就不願意熟悉安養院，怕一熟悉，便會就此落地生根，再也離不開。

看到一樓設備完善的視聽室，有老人興致勃勃地唱著走調的歌，有的靜靜聆聽，聽說也播放電影。我也曾帶母親去過，但她完全沒有參與的意願，很快就離開。記得小時候曾聽過母親偶爾哼歌，她中年後，我就極少聽到。不知是否因工作及家務充填了她所有時間與心思，還是她的生活中已不再出現可以哼歌、聽歌的閒情雅興？至於電影，我猜想，銀幕中的人生並未提供她對生活的美好嚮往，或者也不能帶她短暫逃離現實，所以在放棄唱歌之前，她早已放棄了電影。

慢慢地，我將母親過往的種種樣貌兜攏起來，逐漸拼湊出較完整的輪廓，包括：她是如何一步步畫地自限，切斷自己與世界的連結。剛開始時，她也許覺得無所謂，那只如在大白天中按熄一盞五燭光的燈，世界還是那麼亮晃晃的。但，一盞接一盞燈滅後，當走到日薄西山時，她發現只剩一盞小燈，燈光僅能照亮腳下那窄窄的一方，周遭則全陷入一片黑暗中。於是，她再也跨不出那一小圈光的範圍。

就這樣，母親在安養院內，眼睛一直驚疑地轉動，像隨時警戒的小動物，焦慮而惶然。卻在所經之處，習慣性地按熄一盞又一盞明亮的燈。

# 頭髮拼圖

自有記憶以來，母親便留著一頭及肩捲髮，有時是像法拉・佛西的大波浪捲、有時是茱莉亞・羅勃茲的小細捲造型。但她看起來並沒有這些髮型所塑造出的慵懶、浪漫美感。對她而言，這是一下床便可以直接投入忙碌家務及工作，毋須費心整理的型式。

臨外出前或偶有鄰居上門時，她只消張開手指權充梳子，伸入髮際扒幾下攏順就行了。平常在炎日下工作，為了防晒，用毛巾將頭臉包得嚴嚴密密，再扣上斗笠，根本用不著在意髮型。

不工作的時候，台灣夏日的熾陽還是讓人無所遁逃，髮絲沾黏脖子上，也不見母親用橡皮圈或鯊魚夾綁束起來，總要等到她再也受不了悶熱，便去剪短。唯有在過年前或參加喜宴時，她才彷彿意識到頭髮的存在，特地騰出時間上家庭美容院剪燙吹整，再噴上定型液，可以持續幾日香氛縈繞，光鮮雍容。

母親無暇顧及自己的頭髮，也影響了對姊姊和我的裝扮。小時候不管我們多麼渴望能像童話或卡通中的女主角般長髮飄逸，或梳公主頭、編各式辮子……總是無法如願，一律由母親操刀剪成旁分的學生頭，再別上不起眼的黑色小髮夾。上了國中之後，因為髮禁的緣故，每個月總要儀容檢查。我的髮量少卻帶點自然捲，毛毛燥燥難以理齊，特別是兩側耳際的髮尾，簡直反映了我內心的怨怒一般，尖銳且不馴地往上翹。母親想修整，卻愈剪愈短，最後還是免不了成了失衡的天平，一高一低，往往讓我嘔氣好幾天。

失衡的頭髮引出失衡的情緒。在學校時總以為同學全盯著我，便刻意偏著頭，讓兩邊尖翹卻又不齊的髮尾看起來較不明顯。同學們有的剪了可愛瀏海，或削薄、打了層次，顯得俏麗，即使是中規中矩的齊耳短髮，至少是像尺量過般的平齊。相形之下，我的髮線充滿傾斜的自卑。母親捨不得為那一兩公分的長度讓我花錢上美容院修剪，而她的手藝也一直沒有精進。她可能想不到，自己不以為意的毫髮之事，竟是我青春期的煩惱三千。

其實母親外出時，極重視穿著，檢視她不同時期的舊照，可以看出她的衣鞋皮包等都有著時代風尚；唯獨捲髮，始終如一，只有隨著年紀增長而稍微簡短俐落。我私下以為，母親即使不知道頭髮是文人、戀人歌詠的對象，難道上美髮院時，沒有翻閱雜誌？不明白髮型是流行趨勢的一環，也能為整體造型加分，展現不同美感、個人風格，甚至轉換心情？

當時，總覺得對髮各持己見，是我們之間所有歧異的代表，就像兩幅不同拼圖中的一塊碎片，即使沒有參照圖，也看得出色調、紋理、形狀等等，完全扞格，搭不在一起。

母親對髮的忽視持續幾十年，兒女都各自立業成家，接著照顧第三代，直到他們上幼兒園之後，她卸下生活重擔，才開始關注起自身。

那時母親已年過六旬，原本窈窕的身材逐漸福泰，她還能以寬鬆上衣或兩件式套裝修飾，獨有那迫不及待湧冒出來、張牙舞爪的森然白髮無從遮掩。而讓她遭受猝不及防的打擊，下定決心好好整頓白髮的，是那一次在家門口，被問路的年輕人「禮貌地」叫了聲阿婆，讓她像挨了一記悶棍，起初是錯愕，接著震驚，受傷極深。她的療傷的方式，便是此後常上美容院去染髮。她總算有時間可以關注自己的頭髮了，卻是在填補過去的荒疏，像贖罪似的。

相較於對衣服款式及色彩多方嘗試，她選擇髮色卻顯得保守，只一逕染黑。我猜想，或許她認為烏亮才是青春的正色，再怎麼時髦的色調都會顯得欲蓋彌彰吧，而她並不願意讓人看出任何初老跡象。這點小小企圖卻被放任滿頭斑白的父親擊垮了。每當兩人外出或者有合照機會，她總嘀咕他倆是「老少配」。

聽了這嘀咕，總讓我竊笑：髮色是如此容易讓人自欺。

當時我並未醒悟，髮色還有另一項作用——欺人。

那裝就年輕的黑髮，讓平時僅靠視訊問候聯絡，逢年過節才回老家的我忽視了母親的衰頹。視訊中看不到父親描述母親逐漸走路不穩、時常跌跤，也許因為他刻意語氣清淡，以至於我看著她年年如常地頂著一頭烏髮，毫無警覺。即使看見臉部肌肉有著不相襯的摺皺與鬆墜，雙眼疲憊，但總是恍若未睹，自我寬慰：上了年紀的人，誰不是這樣？

忘記是何時開始，母親也變得髮色參差。

才一兩年，又剪去一頭的蓬鬆，露出細瘦脖子、長長的耳垂，短得大半年可以不必上美容院。那是母親連站立著烹煮三餐這類生活基本事務都無能以對了，和髮色的拉鋸戰遂黯然宣告收場。

乍見短髮的母親頗不習慣。我才驚覺，過去視為理所當然的樣貌，是一去不復返了。母親應該也不適應吧，她不斷撫著自己的新髮型，似乎要遮掩什麼，但那動作不由得引領著眾人眼光聚焦她的髮。而她又為眾人的注目更在意自己的造型，充滿自卑與歉意似的——對無可奈何的老邁自卑，對再也無法付出而淪為被照顧者的角色，充滿歉意。

後來才發現，母親剪短了髮，彷彿是叩響一場老化競速的鳴槍聲，卻響得令人猝不及防。母親原有的各種慢性病，加上中風、躁鬱、重聽、失智……一路比賽著速度。但這些都比不上人事變化的迅疾，快得連她的頭髮還來不及變長，父親便過世。

在等待申請外籍看護的半年時間，母親暫時住進安養院。期間在院內附設的理容院剪了幾次頭髮，比起先前，髮根推得更高，方便照服員快速清潔，外型跟其他男女老者沒有什麼兩樣，泯除了性別、個性，融入集體的蒼老背景中。

等到看護來台，將母親接回家，一兩個月以後，我才意識到剪髮的問題。

母親怕熱，額頭、脖子根常滲出汗滴，只能將髮理得更短。她已經行動不便，出入須仰仗輪椅，上美容院得煞費周章，又因為身體愈來愈衰弱，出門更不易。上網觀摩了幾段 YouTube 示範影片，以為並非件難事，遂買了工具，放手幫母親剪髮。

我把母親推到穿衣鏡前，手持梳剪，彎著腰，前後左右繞著母親修剪。這是第一次如此仔細端詳、撫觸她的頭髮。以往見她背著孫輩邊忙碌家務，小孩無聊得口中咿咿呀呀，手不斷玩弄揪抓她的髮，總會猜想自己小時是否也曾和母親如此親暱。此刻梳理著她的髮絲，細而軟，駁雜著由棕褐過渡到銀白的各種灰調色階，粉色的皮膚從不再蓬鬆的髮隙中露出。髮量雖不多，卻彷彿吸附了母親所有精氣神，閃著絲綢般潤澤，這是整個人最有生命力之處。想起中學時代對母親的手藝極為不滿，而今不管我的技術如何，失智的母親是無法評論或抗議了。儘管如此，我仍像哄著小孩般告訴她，會幫她剪得清爽、漂亮。

腦中不時浮現當年她為我剪髮的景象。不由得驚嘆時間的魔術師身手何等矯捷，剪髮圍巾簌簌一抖，一揭，我和母親的位子便忽焉置換，顯得神奇。但後來又想，也根本稱不上神奇。事實上，再也沒有這麼蹩腳的魔術了。這一場幻術終究是無法還原。

偶爾抬眼看著鏡裡，總瞥見母親茫然的眼神在鏡中的兩人間移轉，不發一語。即使和我眼神相會，表情並沒有一絲波動，彷彿是另一面鏡子，不帶任何情緒地如實反射。我有時寧可她也像年少的我一樣，是因為不滿意自己的頭髮被糟蹋而繃著臉，而不是忘記自己、忘記我、忘記身在何處。

剪刀喀嚓喀嚓，髮絲紛紛飄墜，才發現我倆之間被遺傳和習慣這兩股無形鎖鍊緊緊綁繫在一起，連懶得打理也如同基因複製一般轉印在我身上。

上了大學後，終於實現我所渴望的一頭飄逸長髮。起先也買了漂亮髮箍、髮帶、髮夾、髮圈、髮簪裝飾，也剪瀏海、燙大波浪捲……掙脫禁錮之後的種種欲念沛然莫之能禦。一直持續到投入職場之後。但才不過幾年，我也開始任它留長再剪掉一大段，不梳優雅公主頭、不綁俏麗辮子，只在腦後拖著一束馬尾，選擇最少的心思、最簡便的整理方式。生活中總有比髮型更優先的事，遑說之前總喜歡變化頭髮造型，以為這樣便能改頭換面，就能轉換心情，但這樣的自欺總支撐不過幾日，比髮型塌陷得還快。這才了解母親為何總是一頭捲髮。

但其實母親並非沒有過浪漫。

雖然從未見過母親買任何髮飾，但她的梳妝檯抽屜卻收著各種圓梳、排骨梳、鬬刀梳、尖尾梳……形形色色看似專業的梳子上，偶見幾根殘留髮絲，但真正派上用場的時候，總比不上她的「五指梳」。如今揣測，她確實想好好對待頭髮，甚至有過綺麗想像。但是她沒料到，這些想像只在購買梳子的當下如煙火般一朵朵燦然湧現。一轉身返家後，所有的想像便紛紛隕墜，化為灰燼，都散在日常的雜務夾縫中。我們之間的差異並非如我當初所以為的，是兩塊完全不容的拼圖碎片。經過幾十年，我們生命的樣貌已陸續找到定位的邊邊角角，我也多了以往所沒有的耐心，去蒐集、觀察、分類記憶與習慣，拼圖的各個區塊於是逐漸嵌合、成形。才醒悟當時所以為的彼此的歧異與扞格，只不過間隔了歲月的距離。

等到大功告成，拿毛巾和爽身粉撲清理母親脖子上的細屑，拍著撣著，在撥弄頭髮時，猛然發現母親的耳垂滲出血，不知何時被我剪傷，但她始終連眉頭也不曾皺一下，像個馴順的孩子。我連忙拭去殷紅，不久又滲出，且逐漸、逐漸擴大。那血珠子上閃著光，影影綽綽，看似反射出許多年前的一個午後——

我坐在高腳板凳上，母親彎下身子，偏著頭，瞇眼注視我的髮腳，故意忽略我滿臉不悅，小心翼翼邊梳邊剪，審視左右高度，不時直起腰敲敲揉揉。

聽著剪刀開闔發出刮耳似的聲響，我的頭皮倏地發麻，肩膀不覺地拱縮著。頭髮明明沒有神經血管，但當髮屑紛紛飄落時，我渾身都痛了起來。

母親應該知道自己只是替罪羔羊，我對西瓜皮髮禁的憤懣總是轉嫁在她身上。當我的頭髮修得愈來愈短，所蓄積的氣惱也愈升愈高時，母親持著刀剪喀嚓一聲，呆了一晌，看著我耳垂冒出的血，和我同時驚叫一聲：啊……

# 衣戀

即使生了四個小孩，母親身材依舊纖細，是眾人欣羨的衣架子。在她年輕時的出遊照片中，可以看出眉眼清秀，輕抿著薄唇笑，不管髮型或衣服都很亮麗時髦。那樣的身影與神采，會讓人誤以為是個養尊處優的貴婦，而難以想像她是個女工，平時工作都是穿著長袖長褲，戴著斗笠，以毛巾嚴密地包覆著臉。

母親擁有訂製套裝、洋裝、羊毛大衣、兔毛大衣、貂皮圍巾……這許多衣服卻鮮有機會穿上身亮相。我從不知道母親是如何在拮据的生活中撙節開支，陸續添購這些奢侈品的。從小，打開母親的專屬衣櫃，便像開啟了一扇奇幻的門，每隔一段時間，就出現新的鮮妍衣服，像等待某位公主換穿上，去完成一則幸福結局的童話故事。它們是母親的珍貴收藏品，她簡直是個成人版的仙杜瑞拉，在父親跑遠洋漁船的日子，身兼數職，終日勤苦挑拾摻了各色雜質的豆子，卻藉著華服想像與現實灰日子不同的身分與理想生活。

除了裝扮自己，母親也喜歡裝扮姊姊和我。出門時，姊妹倆穿著百貨公司買的同款不同色系的麻料套裝，白上衣，格子百褶裙，繫著細白腰帶，彷彿從她身上分裂出來的迷你版，眾人的稱譽總會讓母親醺醺然多時。

小學時的遠足，母親也讓我穿著洋裝，還帶了兩顆蘋果，叮囑一顆要送給老師。老師一直以為我出身富裕家庭。有一次，老師例行家庭訪問，看見我們母子五人住的是租賃的巷中低矮房子。隔天上課，老師要我轉告母親，此後不用再繳課後補習費。

我如實地轉告母親。母親聽完並無一語。

很長一段時期，我腦中經常浮現母親聽我轉告時的神情，似乎籠罩著一層薄翳。經過多年，那薄翳才逐漸散去，我也逐漸看清，那神情原來是冷然，是母親在外人面前細心營造的瑰麗外表，忽然崩解後的沉默。

父親在家期間從未對母親的服飾有過評語，也許是默許為家庭辛勤付出的母親可以擁有自己的綺想、私密的虛榮？不知道母親是否私下曾一一穿上這些華衣美服，在平庸勞碌的生活中，想像自己的人生有另一種可能？我無法理解，也不喜歡母親用來填補心中缺憾與空虛的方式，越發覺得衣櫥裡的華服存在的荒謬。或許為此而下意識地和母親唱反調。

母親講究打扮，對父親的衣著隨意不免有些微詞。父親平時只穿白色內衣或T恤、休閒長褲，外出時，加套一件長袖襯衫，趿著涼鞋。每次兩人一起出門訪親友，父親在母親身旁就像是個不相襯的巨大配件，讓母親感到尷尬。母親私下說過：「在家吃得好，別人又看不到。出外穿得好比較重要。」那是她對外維持尊嚴的方式。朋友都知道她嫁入有政經地位的夫家，但他們不知道那輝煌的歷史，已是翻過好幾頁了。於是，母親會在親友面前故意數落父親，說給買了質料好的衣服都不穿，出門總是一副邋遢樣。但父親則反駁說，正因為拜訪的是親友，才能穿得自在舒適，不必過於客套而顯得生疏。

我在一旁觀看，心裡清楚父親不想揭穿母親可憐的努力，但也不願配合。

其實父親身材頎長，五官俊秀，如果他真講究起穿著，母親還真得擔心了。後來，我的打扮也逐漸走向了「親父派」——T恤、牛仔褲、球鞋、背包。三人外出時，母親身邊又多一個她認為不體面的巨大配件，幾乎掩蓋了她努力經營的華美雍容形象，讓她更加不滿。

母親的情緒一直被我們忽略了，她只能獨自披甲，為家庭的形象孤軍奮戰。她未料及的是，這場戰役加入新的勁敵，幾乎是摧枯拉朽襲來，令母親難以招架。有如米蘭・昆德拉在小說中所寫的：「她的狀況是，靈魂年輕得令人痛苦，身體衰老得令人痛苦」，母親在更年期之後便深切地感受這樣的痛楚，再光鮮的衣著也無法撫慰得了。年輕時，在親友面前維持體面很容易，因為沒有人會跟著她回家，發現她的左支右絀。但是，現在年老會跟著她出門，亮晃晃地袒露在她臉上、身上，出賣她。因此母親去紋了眉和眼線，想讓自己看起來精神些。

刻意強調的濃黑柳眉和眼線，在我看來，完全破壞母親原有的堅毅氣質。她長期守著孩子，默默等待丈夫歸來，工作與家務的勞動，臉上自然使鍛鑄出不肯妥協、示弱的剛強線條。而一旦紋上人工的濃眉，反而變得和那些慫恿她紋眉的鄰居大嬸一樣粗俗。

母親也不定期去染髮。有次，在騎樓打掃時，一個路過的年輕人問了她：「阿婆，請借問……」她先是錯愕，繼而傷心得無法言語。但母親繼續在上市場買菜時，順便帶回「百貨公司過季的專櫃衣服」，這些流行設計的山寨版，逐漸充盈了四個小孩一一離家後所騰出來的空間。

偶爾我回鄉幾日，家裡五座櫥櫃總因為過於壅塞而開闔困難，即使我的隨身衣物不多也無處置放。後來實在忍受不了，捋起袖子整理。當拉開一層又一層五斗櫃時，抽屜裡的衣物像暴食過多而嘔吐出來，且冬夏服不分地混置，家居與外出服雜陳。我只好將衣物取出堆到床上，摺疊、分類，重新放回，並在各層櫃子外貼上標籤，為此整整奮鬥了一下午。

在眾多衣物中，我發現以褲子居多：厚的、薄的、長的、七分、五分、寬管、窄管、牛仔褲、棉麻、混紡、毛料、刺繡的、貼亮片的、杏色、土黃、深棕、粉紫、淺灰……數了數竟有五十二條。她是為了精準搭配上衣，而購買一條又一條的褲子嗎？仔細回想，不知何時開始，母親不再如年輕時的裙裾搖曳，也許是腰圍漸粗而改換褲裝，素色的褲子搭配鮮麗的上衣，顯得俐落，逐漸脫卸那種刻意裝扮的高貴形象，換回貼近自己生活的服裝。我猜想她在年紀漸老、腰圍漸寬之餘，陸續添購新的長褲，卻捨不得汰換舊的，多年下來竟累積了這許多。當整理到櫃子底層時，發現一件簇新的黑色束腹馬甲，彷彿母親最深層的渴望、欲念、不甘，被我無意中翻找出來。

想像母親在菜市場聽小販極力鼓吹，描摹一個套上馬甲之後就可以重拾青春的願景：那身體的深淺紋路、大小斑點痣疣、新舊疤痕創口、鬆弛垂墜的乳房和腰腹……都可以用這馬甲一一圈束起來。母親後來穿上馬甲了嗎？而穿上的瞬間，時光是否飛掠至她昔日美好窈窕的時刻？我想起羅蘭．巴特在他母親年輕時的照片中讀到他的不存在，而我是在母親的衣物中看到自己的缺席，以及對她臨老心境的漫不經心。我正整理著，那些看不見的塵絮忽然讓我的身體起了激烈過敏的反應，邊打噴嚏流鼻水，眼睛隨之紅癢起來。

母親對外表開始使不上心力，應是在七十歲以後。由於體力漸衰，經常性跌倒，有次還跌得進醫院檢查，才發現曾經中風過。

在父親身體狀況不佳、母親行動不便之後，我們聘請外籍看護幫忙照顧，日常起居只能在一樓。我到母親位於二樓的房間，挑選她的家居服。拉開衣櫃，不知何時又凌亂如故。我再次整理，並挑揀出寬鬆衫褲。母親不再穿胸衣，套上那種常見的棉質花罩衫、寬鬆小碎花七分褲，頂著花白的短髮，她完完全全是一個老阿嬤的裝扮了。

不及一年，父親過世，我們將母親接到北部照顧。只能靠輪椅出入的她，可以穿著的服裝樣式有限，我只帶走兩箱她的冬夏換洗衣物，其餘的褲子和華服，連同父親的衣物，都一併深鎖在茄萣老家。

父親過世兩年後，我們姊弟決定將老家出售。在交付房屋仲介出售之前，我們輪流回去整理。太多的東西，只能分贈親友鄰居，拋棄的多，帶走的少。記得母親以前曾提及要將駝色羊毛大衣給姊姊，但姊姊覺得不合適而選了其他。我看著大衣考慮良久，最後決定帶走——儘管我穿起來稍嫌窄短，但那畢竟屬於母親的年輕時光，又有誰可以套得上？

我另外挑了一件長袖及膝洋裝，是綠底大朵紅白印花，小圓領下繫了蝴蝶結，整件散發著細絨光澤。估計這件有四十年左右的歷史了。有一張母親和小弟出遊的照片，小弟當時尚未上學，三十幾歲的母親，燙了大捲的髮型，就是穿著這件合身的洋裝，那一幀永遠定格的時光，母親是如此纖細而修長，笑得美麗又優雅。

# 母親，和她的母親

每當母親察覺我的眼光在她身上，平日已緊鎖的眉頭，此刻更會狐疑地揚起。不久，被我看得不自在，便捏起鼻根。我知道，她想讓鼻梁高挺些，但這舉動只是連帶地把已經下垂的眼瞼抓緊，眼睛變得越發細長，像兩片柳葉。

這個習慣，幾乎是從我有記憶便開始了。但要很久很久以後，我才好奇問起原由，卻又感覺似乎問得很沒道理。畢竟那是專屬於母親的動作，一旦不這麼做，反而會令人懷疑是不是別的什麼人假冒的，卻因疏忽這小動作而露了餡。

記得當初母親聽了我的疑問，起先只是一愣，好一陣子才彷彿想起似的，因為阿嬤曾經說她是「沒鼻也」。

不知阿嬤說這話的語氣是帶著憐惜、調侃、批判，或是些什麼情緒？總之，簡單一句話讓母親此生只要雙手得閒時，不僅捏自己的鼻子，也一併捏我們幾個小孩子。她不知道基因已經決定了大致的樣貌，還持著天真的想像，彷彿臉孔是一團可塑的黏土，經過她的手整一整、捏一捏，便能形成高鼻、深目、小口、俊俏的臉龐。但是哪個小孩子肯乖乖被捏塑著？我們一秒鐘都無法忍受行動被箝制、呼吸不順，總是連連甩頭，反抗掙脫，於是她只能遺憾地雕塑自己的鼻形。

國中時讀到奧爾柯特的《小婦人》，老四艾美因為介意自己的塌鼻子，每晚睡覺前，用洗衣夾捏夾著鼻子。當時沒想到建議母親也採用看看，否則依她這麼在意，說不定真會身體力行。只是，艾美是對愛情充滿嚮往的少女，而母親已經生養了四個小孩，還需要在乎鼻子高挺與否？如今，已逾七旬，鼻子的高低，也改寫不了她的人生了吧。但這習慣已經變成潛意識，每當不自在、缺乏信心、無所事事時……這動作是一個安慰劑、信心輔助器、打發時間利器，忠誠地跟著她一輩子。

我擁有和母親一樣的塌鼻，但我苦惱的是：鼻梁撐不起眼鏡，鏡框下緣總貼著臉，老是壓出半圓痕跡，臉部只要有任何細微表情，都會讓鏡片沾染皮膚油脂。而且我還擁有母親所沒有的對花粉、灰塵、溫差過敏，幾乎每天以噴嚏當作起床號，日常的打掃、摺疊衣物、季節交替、氣溫驟降時，眼睛奇癢、鼻水直淌……這些才是我困擾的事。我覺得，「好」的鼻子遠比起「好看」的鼻子重要。我拒絕母親為我形塑鼻子，但阻止不了母親遺傳給我的體質。當初母親不懂得反駁阿嬤，被她嫌棄的塌鼻子是遺傳自她，反而讓阿嬤這句話變成魔咒般封印，一輩子都掙脫不了；甚至當她也成為母親時，移轉魔咒到女兒身上，只是她並不拿鼻子來做文章，改成嫌棄別的。

近幾年來，母親像個逐漸朽腐的容器，內容物也逐漸被抽換，不再是我們所認識的母親。經醫生診斷是躁鬱和失智，只能開些鎮定藥物。但這些藥只讓她行動變得遲緩，並不能制止她常常打電話，四處向人抱怨父親。那些話她已經說過千萬次，內容的起承轉合、語氣及標點完全複寫無誤。母親的日子似乎像電影《今天暫時停止》的主角菲爾一般，每天一睜眼便不斷複製行程，進入無限的時間循環。不同的是，她無法修復錯誤和遺憾，只能一直卡在必須打電話給所有親友訴苦的那一天。

父親過世後，我們接母親北上，由姊弟輪流照顧，讓彼此可以喘息。但母親抱怨如昔，對象換成照顧她的我。我們對衰老這件事完全沒有見習過。祖父母及阿公離世得早，也未曾和年老的阿嬤長住，不清楚人衰老了之後，有一連串的蛻變過程，會完全變態，成另一種陌生樣貌。只知道母親有時意識清明，更多的時候，以往被理智壓抑的嗔怨像猛獸出柙，令人無法招架。

我嘗試過幾種方法讓母親轉移注意，包括讓她抄寫佛經、抄靜思語，又從網路找銀髮族的椅上健康操，讓她跟著運動……但頂多只能安撫一個月，新鮮期過後，母親便又開始煩躁，後來便嘗試讓她聽法師講道。

法師講述佛經故事、眾多信徒因果循環的經歷，讓母親聽得投入，喃喃跟著唸佛號，並宣布要吃素，因為法師說，吃肉就是在吃爸爸、媽媽的肉，又說要多唸《大悲咒》來消災解厄祈福。我特地找出完整經文給母親。但她似乎以為《大悲咒》就是「大悲咒」，唸誦不停。每當親友問起母親狀況，我告以母親常唸「大悲咒」。大家不明就裡，以為母親竟能讀深奧的經文，讚嘆佛法的力量無邊。也許是吧，雖然母親一逕重複的，只是「大悲咒、大悲咒、大悲咒……」，當她相信時，眼耳鼻舌身意，皆得清淨自在。

只是時日一久，她又開始心不在焉，對生老病苦的怨並非真的化解，受想行識又恢復先前的習氣，只要身邊有人，便要指使，不一會想起身走動、想上廁所、想打電話給誰誰誰，或者，只是要人聽她抱怨外籍看護。有時下班後已經疲累，判斷母親的話語並沒有急切需要，純粹是無法控制自己的躁鬱，但我也沒有多餘力氣安撫，她便冷不防拋出一句：「我會被妳害死！」

母親生病以後，沒有了行動力，言語遂變得凌厲，出口便傷人，唸佛號僅僅讓她平靜一段時日。但我後來也練就靈巧身手，輕易就躲過這些撲過來噬人的獅虎豹象。其實母親還健康時，話語中雖沒有出現猛獸的牙爪，也會如同剛修剪過、還沒有銼邊的粗礪指甲。有些我原本不以為意的事，經母親不斷提醒，彷彿用指甲不斷刮磨我，長期下來就會真的形成一處痛點。到後來，她根本不必開口，拿眼睛一瞅我，兩道目光便像燃著的線香，熾熱地燒灼我。

回想起我狂暴的青春期，也是我們母女間最無話可談的冰河期。因為無話可說，她試圖破冰，但是她出口的卻是：女孩子不必長那麼高，妳再矮個三吋就好了。

接著，她又說：已經很高了，又駝著背，難看！

諸如此類，聽起來是期許又貼心的話，不斷反覆，卻是不斷燒灼。讓我懷疑，一位母親會同時愛著她的小孩，又虐著她的小孩嗎？為什麼隱隱覺得，她對我的愛是以咬齧的方式表現，是我的錯覺吧。

渴望愛，但我不樂意承受被齧咬的疼痛，我們像相斥的磁極，長久以來保持距離，直到，因為她的老病而被強硬綁在一起。我慢慢地將母親的過往涓滴聚集起來，才終於累積成水塘，映照出模糊輪廓——這或許是當初阿嬤對她所說的「沒鼻也」，不自覺的承繼與翻版。

母親和她的母親之間關係如何，彷彿蒙上一層紗，總是朦朧不清。記憶中只反覆聽過她抱怨阿嬤偏心，寵溺兩位阿姨，明明年紀相差無幾，身為長女的她卻必須要負擔大部分的家務。讓我腦海中建構出一幅畫面，母親彷如灰姑娘之塌鼻子版本，被她的母親指使著每天挑水、颱風過後到海邊撿漂流木當柴火，兩位阿姨則嬌慣地在家，無所事事地梳理頭髮（？）。

近幾年母親生病，反而逐漸掀開籠罩著舊日的紗網。她提起當年和父親相戀、結婚，但直至婚後，才發現大家負債累累，生活拮据。隔年生下大姊後，不識字的阿嬤獨自提著自己飼養的雞隻，一清早搭渡輪，沿途問路，轉換短程又長程的客運，一路顛搖著，從旗津到茄萣探視，才發現她要侍奉中風的婆婆及照顧幾位年幼的小叔，無法好好坐月子。這段五十幾年前的回憶，母親也來到了比阿嬤當時的老又更老的年紀，心疼起阿嬤當年對她的不捨，以往所有的怨，被全新版本的懷想取代。

在祖母過世之後，父母親帶著大姊搬到旗津娘家附近，阿嬤終於可以就近照應。幾年下來，父親開始跑遠洋漁船，我和兩個弟弟陸續出生。在童年的模糊印象中，母親似乎好長一段時間消失不見，原來是因為生病住院好一陣子。父親在遠方茫茫海上，接到病危通知仍無法趕回。也是由阿嬤日夜看顧著，陪伴著她從死亡的國度折返。

十幾年後，父親又帶著我們回到他的家鄉。阿嬤幾次來探望，只待一陣子，等不及我們放學，便趕在天黑前回去，似乎只專程來看一眼自己的女兒，那一眼便值得一早出門，下午返家再重複一趟的舟車勞頓。

只要母親陷入回憶，片段記起往日她的母親種種好處，便一反平常極威猛沉重的用詞，話語平淡得不見躁鬱失智症狀。眼前彷彿不是位白髮參差的老人，而是跨越時空而來的孺慕女兒。此刻，心情一片平穩，也不需要持誦任何經咒了。

這些話貯存在我心上，反覆咀嚼：母親和她母親的關係，我和她的關係，以及像血脈傳承般的對話、彼此對待的方式。如今我們都遠遠超過那些誤解、不滿發生的年齡了，有些情緒沉澱，有些情感則清澈地浮現上頭。

照例，母親邊說著話，也邊努力擰著鼻根。任何人的眼神，都在代替阿嬤提醒著她。她以這種方式把阿嬤的話在心頭煨了一輩子。

母親雖然常游移在不同的時間軸，在當一個渴望愛的女兒，與作為挑剔的母親之間，不斷擺盪，但她的記憶其實常停頓在提著進補月子雞的阿嬤、照顧病中女兒的阿嬤、迢遞路程探視的阿嬤等等，這幾個特殊節點。母親的話語在我腦中逐漸勾勒出一幕幕景象：幾十年前，矮小肥胖的阿嬤總是挑選著夏天來拜訪，趁著白日漫漫，獨自搭乘老舊客運奔波在台一線上，望著窗外不斷飛逝的街景，去程，每一公里逐漸向女兒靠近的期待；回程，帶著滿足，但隨著漸離漸遠漸消褪的天光，或許湧上心頭的是更多難以言宣的落寞？

後來才聯想起，母親的思念開關，早在她喪失現實感之前，已經暗暗啟動了。

前幾年夏天，母親還走得動時，我和弟弟帶父母親去北海道玩。正值水蜜桃盛產，母親每到超市定要採買幾顆。帶回旅館吃時，她吃得很急，不顧旁人的勸，似乎無法自制地狼吞虎嚥，我們還來不及遞上手巾幫忙擦拭，甜膩的汁液已流淌衣襟。母親心智逐步退化之後的舉動，總讓人覺得措手不及，衰老的樣貌又讓人覺得不忍。但她吃完之後卻連連說不好吃。幾天之後，我終於按捺不住，問，以前吃過滿意的嗎？

母親似乎早有一套評鑑的標準，毫不遲疑說，有啊。並說起遙遠的當年，阿嬤生病住院，母親去看她，病中的阿嬤反而招呼她吃親友探病時捎帶的水蜜桃。

母親說，那水蜜桃足甜，有夠甜……

語音才落，便突然悽惻哽咽地哭起來了——

「阮阿母啊……」

就這樣，在異國燈光昏黃的旅館裡，母親彷彿在漫漫人海中被遺棄的小女孩，遍尋不著她遠去的母親。

她的鼻子終究沒有長成她母親所希望的樣子。惶惶無依中又帶著愧疚，淚水一直一直滾落，無法抑遏……

# 反哺

據母親說，小弟幼時吃飯喜歡含在口中吸吮，餵食需要花好幾個小時。她儘管心急所有家事全擱下了，卻仍得緊盯著。如果覷空搓幾件衣服或洗了碗盤回來，小弟口中含的飯還在，卻歪著頭睡著了。摁了摁他的腮邊，再遞送一口食物到嘴唇時，他眼睛都沒張開，便反射性地張口接，咀嚼兩下，便又停頓下來，繼續打盹，實在可笑又可惱。

在繁瑣的家務之外，母親幾乎所有時間都在餵食。高雄天氣燠熱，她貪圖涼意，把亭仔腳當成飯廳，和小弟坐在小板凳上，人車來往、日光挪移，都動態地進行著，唯母親手上的一碗飯菜變成櫥窗展示的樣品般，積了灰似的，變成固定的街景。

看著泛黃相片中的小弟，四肢像圓鼓白胖的藕節、下巴有好幾層。這也難怪，那時小弟一口一口吸吮的是母親的時間與睡眠，而這兩者，或許是世上最高單位的營養品吧。

有時不免懷疑母親的描述是否太過誇張了點，或許只是小麵團般的事實，經過歲月的加溫、記憶的發酵，變得膨脹又膨脹。所以，彷彿為了證明似的，一輩子叨唸這事的母親，在年老以後，索性親自展演給我們看。

大約是她年過七旬以後，因先前的小中風及跌倒傷了手，先是端不穩碗筷常常打翻，甚至打破，她遂自己改用鐵碗。母親原本就性子急，後來更不自覺地愈吃愈快，彷彿還有什麼急務等著她，塞得滿嘴來不及吞嚥，甚至嗆咳。屢經勸阻無效，才警覺她似乎無法自我控制。經過就醫，得知母親同時罹患躁鬱和失智。之後，開始餵母親吃飯，拉長餵食的間隔，讓她能緩著吃。

起先，軟爛又切細的食物，她只需略略咀嚼便可以吞嚥，跟家人同桌共食，享用三餐與零嘴糕點，夏天冰鎮的紅棗銀耳、薏仁綠豆湯，冬天紫米粥等等，胃口極好。

但過了七十六歲以後，因失智導致身心迅速退化，愈來愈寡言，也容易嗆到。對母親來說，所謂的「一頓飯時間」，變得模稜而無定數，彷彿柔韌麵團愈拉愈長。家人皆早出晚歸忙於工作，這任務主要交付給看護 Kari。她總是自己用完餐後，再從容地餵飯。她先將食物用料理機絞細，一匙一匙看不出原本菜色的混雜之物，送進母親的口中。但母親一餐中總會嗆到幾次，有時來不及以毛巾掩口，便災情慘重，飯後的清潔工作除了碗盤，得加上家具、地板、衣物。有時不留神，Kari 被噴得滿臉都是，她的修養極好，按捺住不悅，默默清理。每當見到那場景，我一方面慶幸，又為自己的慶幸抱歉，畢竟，那原本可能噴灑在我身上。

儘管送進口中的食物已經不太需要牙齒磨碎，母親仍習慣性咀嚼。後來，轉而將食物堆送到兩頰，鼓得像松鼠，卻又遲遲不下嚥，只是吸吮著食物，一旦塞得滿嘴，便拒絕張口，總要 Kari 不斷哄慰，費時許久才能吃完一餐。

小弟得空的時候也會幫忙。以往他憑藉自己哺餵小孩的經驗，對母親過去的抱怨嗤之以鼻，現在終於證實這件事能有多磨人。只不過，眾人努力哄餵母親，母親並未像幼時的小弟長得肉球般的圓滾，反而，愈吞愈慢、愈吃愈少，臉頰像似風化崩落的頁岩般，瘦削嚴峻。

為了養胖母親，我們嘗試少量多餐，以及各種食物的混搭：用雞湯或排骨湯沖泡營養品，有時，牛奶、優格中加入水果、堅果、無糖可可粉，以及母親一向喜歡的榴槤、酪梨……都由料理機的利齒代替母親咀嚼。那一杯杯看起來不像食物，或黏稠或流動的膏液，很難引起食欲。記憶庫中沒有相符的氣味與字眼可以形容，只能試著想像，那是顏色暗沉、營養豐富的優格沙拉。只是母親依舊進食速度緩慢。她無法以言語表達，無法探知她難以下嚥的原因是否夾雜著心理的抗拒，抑或純粹生理的問題。

後來，小弟申請語言治療師到家指導如何幫助母親。學習按摩她的顳顎關節刺激吞嚥，將積囤在兩腮、唇齒間的食物推送到口腔中間，並略抬起她的下巴，幫助吞嚥。也用小碎冰讓母親含著，以低溫刺激提醒她口中還有食物。連飲水也改成氣泡水，讓口中翻騰的小泡沫，持續迸裂，像在母親口中放入防止休眠的機制，提醒她進食。

一開始效果顯著，吃飯彷彿是一種新的遊戲，令母親好奇轉著眼睛配合著玩耍。但才兩三次就像沒耐性的孩子，索然放棄，迅速恢復原狀。語言治療師當場也無計可施，顯得尷尬。

耗時過長，又精神不濟，母親也往往在吃飯時打盹起來。我們在一旁不斷說話，提振她的精神。但進食對母親而言，彷彿每一口都在跟強硬的咽喉進行激烈格鬥，她居劣勢的一方，極易疲憊，不多久便自顧自地叫停，爭取喘息機會，有時更進入假寐。而我們便像是一旁逼迫她清醒繼續奮戰的觀眾，不斷搖旗鼓譟。

自有印象以來，母親吃飯總像在競速般。尤其小弟上學後，她也開始了職業婦女的生活，繁重的工作及家務，將吃飯睡覺的時間壓縮得極小極細瑣，她的食道彷彿被訓練得瞬間可以遞送一餐。是不是她和身體之間曾經有過的借貸關係，從前所預支、超支的，終於輪到了必須以鉅額的複利去清償？

我原以為吞嚥是種反射本能，不需要意識。母親讓我看清這種能力也不過像張薄紙，而老與病就像刀剪的上下刃，將人們視為的理所當然剪得細細碎碎。在吞嚥之外，她先後墜落丟失的，還有聲音、表達、冷熱痛的知覺、時間感、至親的人、喜怒愛惡……片片、片片，飄散無蹤。

本能所剩無幾的母親坐在高背輪椅上，即使安全帶固定著，仍像被一條無形的線扯著，愈來愈往右歪斜。幫她扶正，但她彷如柔弱的嬰兒般，無力掙脫那根操控的線，坐著沒多久又逐漸歪斜。她也吃得像幼兒。種種粉狀、液體的罐裝營養品所標示的：幾公克、毫克、微克、幾大卡的蛋白質、脂肪、碳水化合物、鈉、維生素、礦物質、卡路里……這些看不見的成分維繫著生命所需，取代生活中原有的甜酸苦辣鹹家常菜與大宴小酌。

有時母親會拒絕吞嚥，像小孩子吹起泡泡的遊戲，噴得滿頰、滿圍兜。Kari雖極有耐心，不免也皺著眉清理，再溫和地哄著，一口一口餵。但只要Kari暫時走開，她便繼續吹泡泡，像捉迷藏般。此時，我寧可相信她偶爾也有片刻的靈光乍現，促狹地捉弄著Kari。因為母親並不會和我玩這樣的遊戲，只是茫然地盯著我。

因擔心母親營養不良而徵詢醫生意見。得知老人極容易因進食導致吸入性肺炎，或許得考量裝上鼻胃管或胃造口。但兩者只是暫時解決問題，仍有感染的風險。且母親年紀已大，又有糖尿病，是否適合開刀，都得審慎評估。

不知道母親是否能夠理解，我還是嘗試著向她說明，看著她的眼，像看進一扇蒙著厚重塵埃的窗，而窗內一片闃寂。

我想像鼻子裝了管、腹部挖了洞的母親。我要怎麼親她臉頰、怎麼擁抱她才不會弄疼她。

我們終究只能旁觀著她的痛苦，卻又得幫她做決定。

但是，為何幫她做決定比尊重她的意願更令人掙扎？

母親還想念正常的食物味道嗎？有次，她午睡醒得比平時早，吃點心時顯得精神不濟。有別於前一天，毫不費力便喝完她喜歡的酪梨牛奶，讓人忍不住哄小孩般為她拍拍手。但這天面對一樣的果汁，她卻牙關僵硬，我和 Kari 二人合力，像整治拒絕吃藥的孩子般，努力撬開她的牙齒遞送一匙，Kari 則拿著毛巾按臉頰、略抬下巴幫助吞嚥，拭淨溢出的汁液。聽得咕嚕一聲，喉嚨起伏，再餵一匙，又一匙。長日悠悠，我們彷彿也把日子絞成一口口強制餵給母親，企圖豐潤她的生命。卻敵不過，她被時光巨獸咬齧、吸吮的速度，手腳肌肉流失，愈來愈乾皺、柴瘺。但她還是吃了睡，睡醒又繼續吃，靜靜地吞噬了所有話語，彷彿為了我們，忍耐著辛苦，扮演一個撫慰人子依戀的存在。

母親眼神漸漸無法對焦，迷離飄搖，常常視線飛掠過在她眼前的我。只不知她的神識是否可以擺脫被病痛囚禁的身體，撥開重重迷霧任意穿越？可不可能，會不會看見，多年前那段亭仔腳下哺餵的時光？

# 唸經

「妙好連牙口。虎便碰耐ㄋ一ˋ。你字世宋。柔三賣。安弱你起……」

什麼？聽不懂母親的咒語。

她堅定而流暢重複幾遍，並且解釋唸的是經文。

什麼經文？好奇地拿她所背誦的小冊子，原來是「妙法蓮華經方便品第二。爾時世尊。從三昧。安詳而起……」

這佛經的節錄本為中日文對照。母親參加的佛堂信眾來自各行業，教育程度多不高，不知為何，講師卻以日語教誦。母親僅有小學學歷，遂努力蒐羅久遠以前對文字的記憶，將日語轉換成音近的閩南語，再用中文或注音標示，在狹仄的行距間加註。有時鉛筆，有時或藍或紅的原子筆，標註的筆色毫無章法地更換，彷彿有些漫不經心，另一方面卻把對文字和經書的敬重都化為力氣，每一撇捺筆劃像用刀鐫刻般又剛又硬。

前幾頁有多處紅筆塗改痕跡，猜想母親或許一開始聽不真切，直至熟稔以後才慢慢改以更貼近的讀音，於是翻譯成了我不明所以的咒語。可能連母親也不明所以吧。而或許正因她無法理解，才會相信其中隱藏著神祕和神力？

回想母親以往的宗教信仰，一向屬於最基礎規格——僅限於逢年過節和祖父母忌日的祭拜。不知何時變得熱衷參加宗教學會，甚至以往頗忌諱談論死喪，如今卻願意為往生的會友助唸。我想，這轉變對母親是好的。在此之前，她大半輩子都圍繞著家務和子女團團轉，不知如何適應初老後的空巢期，不懂得把這些餘裕留給自己，卻拿來與退休的父親口角紛爭。子女離家後，偌大的三樓透天屋非但不空寂，反像是煙硝戰場。所有人要輪流為他們排解，總維持不了一刻和平，不旋踵便又開槍。直至母親參加宗教團體，心有寄託，戰爭才和緩了下來。

令人疑惑的是，她所註解的那一長串毫無邏輯的組合音，遠比背誦原來經文難度高出很多，母親究竟如何勤讀成誦的？

而父親對此事一向漠然。有時故意在言語中夾冰夾霰，灑向熱衷的母親，只因他看不出宗教對她有何影響。每當母親去佛堂時，父親雖然得以耳根清靜，但她回家一進門，原本的笑容便瞬間撤換，在佛堂的慈善眉目，回家後有另一副入世的臉孔，一樣愛扯閒話、一樣急躁、一樣叨唸……父親像揭發贗品的正義魔人，嘲笑母親：如果無法改變個性、修養變好、對家人（其實是專指對他）耐心和善，那麼，所謂信仰什麼的，一切都是假。

但母親並不理會他嘴角及眼中的譏誚，仍興高采烈談起聚會時的見聞，即使說的是會員們的經濟狀況、各家成員動態、誰慷慨提供房子作為佛堂與聚會場所、誰又風雨無阻義務接送會員，以及她在其中所感受的善意與尊重……這一切瑣屑的俗世人情與雜務看似和信仰無關，可對她而言，並不亞於宗教所提供的慰藉。我想，父親似乎對信仰太過苛責。對母親也是。

儘管心中常納悶母親究竟是去學佛，抑或是拓展另一社交圈，但那一年，在姊姊生產不順時，讓我見到母親的堅信。

當時，姊姊在生產檯上痛苦煎熬。漫長的過程中，老早接獲通知的主治醫生始終沒出現。外甥女出生後沒有呼吸心跳，只能由在場的麻醉師幫忙急救插管，送至新生兒加護病房住了三十天，期間還收到幾次病危通知。母親從姊姊產前，到坐月子期間，得空便手持念珠誦讀經文，祈求她們母女均安。即使外甥女出院，猶不停誦經。那段惶恐無助的日子，後來母親每每提起，仍掩不了驚心。但也愈加篤信，正是因她的虔敬祈求，神明才慈悲降臨，取代不在場的醫生，一路庇護著她心愛的家人。

一直以為母親個性堅毅。父親上遠洋漁船，兩三年才回家一趟，她獨自帶著四個幼兒面對粗礪的生活，直到子女都成長，各自成家立業。母親本就一直庇護著這個家，還需要向神明求些什麼？然而那一次，我才看到，身為母者，其實既堅強，又脆弱。

有次無意間聽了她喃喃的禱詞：「……保庇〇〇〇平安健康無事故……」

她一一為分住各地的兒孫祈福，該有多忙碌，不再在乎父親偶發的冷箭。或許如此，多年來，我們的日子像一道小溪流，只偶爾激起漣漪，大多時候平順地汩汩流淌而過。

但我猜想，她可能忘記為自己祈求了，否則身體怎會衰朽得比年長的父親還快？

母親年過七旬之後，常常摔倒，直至撞到頭就醫檢查，才知道先前曾輕微中風。之後更逐漸衰頹，再也無法騎車出門。日常生活採買工作都由父親接手，但她因無法參加宗教聚會，常顯得煩躁不安，又開始歸咎父親不支持她、不願意接送。父親一向務實，寧願相信自己，不願託付給不可知的神明，何況母親行動不便，而聚會多在夜裡，更增加了風險。

於是，停火十多年，兩人戰爭再起。母親的行動不便讓她加強火力在唇槍舌戰，比起多年前更加猛烈。她持續撥電話對親朋好友投訴，起先眾人還耐著性子寬慰，後來漸漸地覺得不堪其擾。

不得不求救醫生。經診斷，母親同時罹患躁鬱和阿茲海默症，老與病，操控著母親，再堅強的意志也無能為力，已與修養或信仰虔不虔誠毫無相關。

儘管如此，她的心智並沒有像一般患者，短期記憶減退而回歸童年，無法出門聚會似乎成為她唯一在意的事，反覆指責父親阻止她接近佛堂。佛堂會友來家裡探視安撫，又說佛力無所不在，處處皆可修行，在家修行也有效力。所以，當母親又開始躁動時，我們提醒她，她便背誦起經文，面容立時柔和許多。也許，我們都忽略母親煩躁還有其他原因。她的個性本就外向，被拘限在家中似乎令她感到窒息。聚會或許如同處在高壓氧的環境，讓她快速排出壓抑的精神毒物、增加快樂含氧量，振奮有活力。而我們因為離家在外，父親也已年邁，無人可以滿足她的需求。

直至父親遭遇車禍意外而過世，母親失去了埋怨的對象，才沉靜了下來。

等候外籍看護來台期間，母親暫時住進安養院。在簡便的行李中，我額外幫她準備經書和念珠。但入住之後，她似乎擔憂被子女遺棄，每天像唸咒語般，不斷請求照服員代撥手機聯絡我們。照服員了解新入住的長者多有不適應，在知道母親的病況之後，對她的請求便採取冷處理。

有次去看母親，恰逢院裡佛堂的聚會時間，有法師來帶領信眾讀經。我從門口探看，所有人俯首專注誦讀經文，嗡嗡低沉，眉眼平靜，沉浸在融融的法喜氛圍。唯有母親，經書攤開在膝上，卻糾結著眉頭，顯得茫然，時而覷眼別人的經書，時而瞄著他人的神情。也許她才一個閃神便在扉頁字行中迷途。

我了解母親的惶惑，那不是她所熟悉的經文，也沒有像以前熱心招呼她的會友。

母親後來再也沒有參加院裡的誦經，念珠與經書在床邊櫃裡靜置。大半的時間還是要求撥打電話；沒人理睬時，就在辦公區打盹，等待我下班去探視。

半年後，母親被接出來。她早就不再記掛唸經，偶爾想起時，可以記誦的經文彷彿被時間的利刃一日削一截，愈削愈短。

隨著母親的退化，後來只剩一句：「妙好連牙口。」再來呢？我鼓勵地問。母親只是茫然地看著我。她一向自豪的記憶力，逐漸離棄她而去，她彷彿做錯事般的羞赧。然而不提醒她唸經時，她卻時時煩躁，像個不知危險的幼兒，展開令人驚心的探索，明知沒人攙扶易跌倒，卻是屢屢偷空離開輪椅，又跌又摔。那疼似乎都轉嫁到我們身上，她反像個沒事人般，面對我們又急又怒的勸阻、告誡，無動於衷。直到後來，退化得愈來愈無力，才不再自行起身。

為了讓母親打發漫漫長日，我找出網路上的法師講道節目。法師不斷宣揚信佛之後的種種神蹟，母親似乎頗能接受，心情較穩定，話語漸漸稀少，似乎專心當起讓網路及電視餵養的老人，無情無緒。

後來看護 Kari 說，她晚上在床邊祈禱時，阿嬤也喃喃唸著什麼話，於是她學著母親的口音：「ㄉㄚ ㄅㄟ ㄉㄨㄙˋ、ㄉㄚ ㄅㄟ ㄉㄨㄙˋ」，聽幾次都不明所以。直至發現母親收看法師講道時，法師不斷說起誦唸《大悲咒》的功用，能治病、消業、降魔、超度等，這才恍然。

母親唸的是：「大悲咒、大悲咒……」她把這三字當成經文，反覆唸誦。不知她祈求哪一位神祇？不知她是否記得一長列庇護的名單？母親的神思仍清明嗎？在臨睡前，她想要祈求什麼呢？

後來，母親連祈禱也無法出口。隨著退化加劇，她吞嚥困難，一日一日衰歇，辛苦地活著。不知母親是否疑惑過，她祈求多年的神佛忘了她嗎？

雖然已經預知分離的日子終將到來，但是總心存僥倖，以致那天真正到達時，我什麼也沒有準備。

那天，母親在睡夢中離去。

在等待兩個弟弟到達的時候，我守在床邊，看著母親。她生前即使睡覺也總是糾皺著眉頭，如今闔著眼，彷彿脫卸了重擔，深沉睡去。在那一刻，我向母親信仰的慈悲眾神祈求，求神引導母親。也告訴母親此生已圓滿，將一切放下，不要害怕，跟著菩薩走，離苦得樂，不要牽掛。

「南無阿彌陀佛、南無阿彌陀佛、南無阿彌陀佛……」

輯三

# 有時憂容，有時清歡

# 造船廠的童年

母親曾在舅舅的造船廠工作。我偶爾也會跟著，和同是學齡前的表姊弟妹一起玩耍，其中我最喜歡做的是自告奮勇敲鐘。

其實那不算一口真正的鐘，只是一段小小鐵軌，拿榔頭用力敲擊，便噹噹噹作響，聽起來像鐘聲。這鐘聲是一種通知：該上工了；吃午飯了；午休結束；下班了。對我而言，是一個發號施令的機會，像指揮眾人衝鋒陷陣般，總忍不住使勁多敲幾下，彷彿擁有極大的權力，捨不得放。然後，眼尖地看到阿嬤怒氣沖沖出來制止，便吐吐舌頭，趕快開溜。

舅舅的住家和造船廠建在一起，一長列東西向的平房。最右邊就是辦公室。

第二間隔成前後，前面是祖先牌位及客廳，後邊是阿公阿嬤的房間。第三間是舅舅一家睡的大通鋪。第四間便是廚房飯廳和衛浴。住家外搭著鐵棚，放著裁切木頭的大型機具，再往外就是露天工地。而造船廠正對著船運繁忙的高雄港口，整個船廠和住家就是我們寬闊的遊樂場、幼兒園。

辦公室牆壁掛著黑板行事曆，上面密密寫著事項，還有幾個臨時抄寫下來的電話號碼，一張書桌、一個放滿文件夾和書的鐵櫃，沿著四面牆壁是木架，擺放工具和各種尺寸的零件。舅舅和舅媽忙進忙出，比我大幾個月的表姊已經被訓練得可以幫忙接電話，廣播找人。阿嬤不喜歡我們在裡頭喧鬧，總是要我們去別的地方，於是我們便樂得在工廠四周遊蕩。

工廠總是有幾艘不同階段的木造船停駐，有的是剛架好船身龍骨，一根根整齊排列如巨獸的肋骨，工人在肋骨間好像小動物般穿梭，敲敲打打，一根根、一片片地黏上肌肉臟器，創生一隻乘風破浪、吞食魚群的海上巨獸。而有的已經將浸烤且裁切完成、曲度密合的船舷板裝設好了，粗具外型，但船艙裡面的細部工程還在進行。這邊的幾艘還在架構；而另邊有一艘已經完成大半，只等髹上新漆，寫上船名，選擇黃道吉日便可以下水出航。

剛開始不明白，在陸地上建造這樣一艘大船，如何搬到海上？需要很多人前頭拉、後面推、兩邊扶著拉抬，像螞蟻搬運大螳螂那樣嗎？後來才知道，船一開始便建造在一架有輪子的平台上，而平台下有軌道直通到前面的海。我常順著軌道走到海水處探看，港內的波紋細細打在軌道上，可怕的海蟑螂一見到人接近便到處奔竄，讓我也驚嚇地到處跳躲。有時漂來塑膠袋、稻草、空瓶子、保麗龍、枯枝，在軌道和枕木上來回翻滾。海水的顏色很深，軌道就沒入這片看不見的墨藍裡。我很好奇，它究竟一直延伸到海底何處？船會順著軌道一直潛到海中龍王宮去把魚抓上來嗎？

附近有好幾家造船廠，總是充滿嘈雜的聲響，近的、遠的，此起彼落。鐵鎚敲打船板之外，當大型電鋸裁切木料發出高分貝刺耳的聲音，連說話都得暫停，否則連面對面說話也要嘶吼著，加上比手畫腳、看對方嘴形，才能勉強會意。有時機器聲戛然而止，耳朵突然呈現真空，那放大音量的話來不及收回來，直接砸在耳膜上嗡嗡作響，語句反倒變得一片破碎模糊。

鋸木頭的聲音暫時停歇後，揚飛在空氣中的木屑尚未落定，瞇眼的同時，可以聞到木頭的特有清香，彷彿這海港邊長著一大片看不見的芬芳且茂密的森林。在這個稍寧靜的短暫空檔，大家趕快接續未完的事情，交代完，轉身去喝幾口開水解渴，此時若有冰水，灌下喉，一路冰涼到胃腸，更是消暑。

木頭香味一直在，因為空地堆放很多原木等著丈量、裁切，這些未來的海上巨獸，即使尚未成形，已然散發混合著自由、冒險、漂浪、凶險、豐饒等渾厚氣味。而堆積在電鋸檯下的厚厚一層木屑，踩在上頭異常柔軟，高級地毯都沒有如此的輕柔感，那感覺應該就像踩在雲端吧。多年後，當我踩在松針鋪地的山徑時，這股久違的感覺才被喚起。木屑與零星木頭都有用途，每隔一陣子，母親便將木頭裝滿尼龍袋，用光陽機車載回家煮飯燒水，而木屑裝在一個油漆罐中，加上一些柴油，便是絕佳火種，連未上學的我都可以輕易讓大灶生起火。如今想想，即使是些畸零的木塊，都是上好的防水防蟲的檜木，也許當時台灣的木材資源還算豐富，禁得起這樣浪費；如果是今日，肯定會變成高級的木刻工藝品原料。

有時，腥鹹的海風改變方向，夾著油汙臭味襲來，蓋過木頭的香馥。港口的海水常浮著一層油漬，起伏反射著陽光，閃耀得異常刺眼。船隻進出

頻繁，看大大小小的貨輪、漁船、小艇由不同方向逐漸逼近，劃破這些泛著異彩的浮油，響起警示的汽笛聲。我一旁看著覺得危險，似乎就要碰撞上了，但神奇的是，它們總可以安全錯身而過，行駛在既定的航線，有的抵埠，有的啟航。

高雄夏日的太陽像猛烈抽著鞭子，抽得皮膚整片的熱辣紅痛。小時候不懂得畏懼陽光，總待不住室內，成天尋找可玩的東西，或在木材堆、鐵軌上來來回回跳耍。母親遠遠看見時，總要喊我趕快進屋裡去。她戴著斗笠，用毛巾蒙覆著整張臉，只露出眼睛，穿上長袖，在大太陽底下工作，為整艘船塗上防水、防鏽的灰漿。我曾在船下，仰頭瞇著眼看母親工作。她一手拿著塗灰罐，一手拿著下窄上寬，有斜角的鐵片，舀一些灰抹進螺絲孔洞中，並且利用尖端在孔洞中攪了攪，多次之後孔洞填實了，最後再把洞口抹得和船板一樣平整，還有那些為了讓船板有伸縮空間而塞了麻繩的縫隙，母親也一一塗平，等上了漆後簡直了無痕跡。先前也有別的女工一起工作，但是不知因為貪快或不夠細膩，洞孔總是坑坑疤疤，事後得花更多時間修補，於是船東都指定母親。後來她變成工廠裡唯一的塗灰女工，比其他師傅還忙碌，最高紀錄有七艘船同時建造，時不時便有師傅在不同的地方喊著：「ㄟ，塗灰的啊……」在師傅的眼中，母親只是蒙著臉面的沒有名姓的女工，一天領幾百元薪資，比不上他們的專業和收入。

母親經常就這樣在幾座鷹架間來來回回，上上下下，但這都遠不如在船艙內工作的辛苦。用來裝盛漁獲的冷凍庫蓋得嚴密不透風，像只燜燒鍋，烈日高高，持續地烘烤著。如今想來，母親一個人在陽光照不到的暗處，就著一個小小燈泡塗著灰，也塗著寂寞。體內的水不斷由毛孔湧出，滴淌下來，濕透衣背，簡直要乾涸枯竭了，如果體內還有什麼沒有被高溫蒸發，大概就是希望吧。

即使造船廠是大舅的，母親和其他工人一樣努力，甚至覺得要更努力，不能落人口實。每到休息時候，咕嚕咕嚕直灌上好幾杯開水，吞嚥聲就像電視中的飲料廣告，發出極大聲響，感覺非常豪邁。後來才明白，那不知忍耐了多久的乾渴，只能以這種牛飲的方式澆灌。這種喝水的習慣，母親一直到老年都未曾改變。看著她喝水仍是一杯接著一杯，有時候喝得過急而嗆到，彷佛喝完之後立刻就要上工，心中總是不忍，她似乎已經忘記可以緩緩來，時間其實多得很。

多年以後，我才知道母親原來有點懼高。但是，她如何克服恐懼，顫巍巍爬上船身外臨時搭起來的簡陋鷹架？那些造船工人駕輕就熟攀爬來去，扛木料、敲打裝釘，她得小心翼翼走在搖晃的窄窄橫木上，再坐下來攪動罐子中的塗料，以免天熱乾燥得快，日頭光光，無所遁逃。那麼長的工作時間，心中想的是什麼？一定有某些念頭，例如家庭、兒女，支撐著她熬過的吧。

豔日、噪音、木味與腥鹹海風，因為一隻斷臂猴子而起了小小漣漪。阿公不知從哪裡帶回的，用長鍊子綁在鐵棚的柱子上，預留的活動範圍很大，牠可以跳上跳下。人們做工無聊了，趁喝涼水歇息的時候，耍耍猴子。猴子被耍久了，也懂得還擊，撿了地上的木塊躲在高處，趁人走近時丟擲，開心地跳上跳下吱吱叫，連狗也無辜遭殃，汪汪怒吼。很多人莫名遭到偷襲，但這些鎮日勞作的工人，始終沒有放棄他們的小小休閒娛樂。猴子也是。

猴子在造船廠裡是個不協調的、突兀的存在。當我無聊時，搬一張小板凳坐在牠攻擊範圍之外，觀察牠，看牠在架上走來走去，坐下來搔癢，不時向噪音來處張望，有人經過便小心警戒，或齜牙咧嘴。再來，就是偷偷觀察我。和牠四目相對時，我總覺得牠彷彿懂得我，懂得我在等待母親下班，懂得我和母親之間也有一條無形的鍊子彼此牽鍊著。

偶爾我留在造船廠過夜。夜裡一片闃寂，遠處的漁港和貨輪燈火高高低低，像鬼火閃忽。近處幾艘完成和未完成的船，在夜幕覆蓋下矗立著，只顯現輪廓。我在客廳或房間中，對這些隱身黑暗裡的船隻有著恐怖的想像，也許海盜或幽靈船的卡通看多了，便不大敢注視，怕看到船突然飄揚著髑髏旗幟浮在空中，又怕看到自己也不知道的什麼。尤其看守的黑狗突然一陣狂吠，大舅出門巡看時，更是讓我心頭發冷，起雞皮疙瘩。

印象中，我從未見過一艘船的第一根木料是如何安置上的，所有的船永遠在「施工中」的狀態。建造的過程似乎很緩慢，然後，就像久久才見的親友之子，記憶中只是個喜歡哭鬧無理耍賴的小子，變成滿臉冒青春痘聲音粗嘎

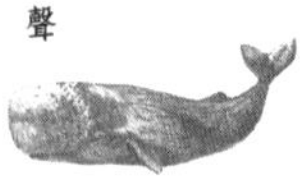

的少年，再來，突然長成就要進入職場的成熟青年。經過幾個月默默的建造，船身逐漸成形，再由專做細工的師傅搭上俗稱「大功厝」的駕駛艙，之後，推進器的車葉、船錨也裝上了，不知不覺洋溢著的喜氣就像新漆一樣鮮明，招人注意，連小孩子都可以嗅到這股氣息，充滿期待。簇新的船身題上吉祥的船名，通常是三個字的，某些字因為出現的頻率太高，因此，還未就學的我便像認識卡通臉譜般記得那些字，如：金、發、滿、盈、榮、祥、吉、大……排列組合出「金明滿」、「協順泰」、「福富發」……等到黃道吉日，整艘船懸掛繽紛的大小旗、紅綵球，船東、船長、船員站滿船頭，準備了幾串長炮，幾大袋的糖果餅乾，混雜一元、五角的銅板，一群小孩候在船下，尋找最佳的位置。等吉時一到，用香炷點燃鞭炮，劈里啪啦，炮光炸開，煙霧瀰漫，炮屑四處彈射，小孩邊尖叫著躲避，一邊眼明手快撿拾。一陣煙塵中，船身由底座拖曳著，順軌道的斜坡緩緩滑動，滑進海港中。我停止了撿拾，好奇張望：船會如何駛進海底？

但是，它只是攲斜著船身入海，往下一陣子之後便離開底座，漸漸地浮起來。接著馬達開始運轉，煙囪冒出黑煙，噗噗噗噗，轉個方向，劃破風浪，逐漸遠離。之後，底座被拉上來，濕漉漉的。原來只有它，是真正沿著軌道到達過港底。

新船下水的興奮和喧譁，一直持續到捨不得吃的糖果餅乾慢慢變融、變黏、變軟，終於在螞蟻大軍來臨之前趕快把它吃完。之後，再耐心期待下一艘新船落成。

白天，工廠持續發出敲敲打打、磨利工具、鋸木頭的聲音。中午有一個小時休息，吃飽了飯，一群小孩被打發去睡覺，在床鋪打打鬧鬧一番，也就漸漸安靜下來。我是不想睡的，躺在床上眼睛晶亮，等著時間一到便要去敲鐘。然而，在豔陽下，午後，風彷彿也靜止了，只有大型的工業電扇賣力地吹送溫熱的風，來回地搖著頭，嗡嗡作響，成了助眠的唯一旋律。

隔壁工廠下午上工的鐘聲噹噹噹，突然一陣亂響，敲醒眾人未成形的夢，不一會，便有機器開始隆隆運作。我看到工人窸窸窣窣從屋簷下、樹陰、布棚下起身，打著呵欠搔搔頭髮，活動腰背，扭開水龍頭，彎下身，雙手掬捧著水，往臉上沖洗，順道洗了一下毛巾，擰得半乾，圈圍在脖子，繫上掛滿螺絲起子、扳手、捲尺、榔頭、虎口鉗……的工作腰帶，戴起斗笠，有的乾脆直接赤裸著黝黑發亮的上身，瞇眼看著外頭的燦亮，與那些等候他們的船隻。之後，便闊步向陽光下走去……

# 山丘旁的日子

住家門前是往茄萣市街的馬路，鎮日車聲隆隆。我的房間在屋後的三樓，從窗口望出去，有座十來公尺高的山丘橫在一條魚骨頭般的巷子底，覆蓋著歪歪倒倒的防風林，低一點的是些小灌木，地面及側面斜坡上放了些垃圾與巷子人家隨意棄置的雜物。

國二寒假才搬到這裡，母親便早早告誡我們，上頭有毛神仔，不要上去。那樣一座邋遢的山丘，不消母親告誡，我自是沒興致亂闖。但兩個弟弟都曾偷偷攀上去玩，還找到末端可以通往所就讀國小的路。幾次之後也覺得無趣，小弟私下跟我透露，好幾棵樹上吊了死貓，臭死了。

雖然不去探險，但直到北上就讀大學之前，我天天看著它。

我的房間一過正午便被豔陽包覆，光焰也從窗口竄湧而入，盛夏時，簡直是逐漸加溫的烤箱。山丘上的每根大小枝幹、每一片葉子都擋住了對流，剩下的，即使有幾縷疲軟的風吹進窗口，也瞬間被炮熱，身上的汗水在滴落之前便已蒸發殆盡。四壁就像太陽能電板蓄足了熱量，等到日落許久，才會一點一點釋放。即使立扇竭盡全力地嘶吼著，但對自己無能消除溽暑也只是無奈地、頹喪地來回搖頭。我不讓電扇搖頭，硬把它的頭扳定，正對著臉，瞇著眼，想像風是遠從極圈凍原吹拂而來，夾帶著寒沁，以自我催眠熬過南台灣的漫長酷暑。心中因此對山丘生出怨怒，氣它自私地兜攬住所有的風，獨享涼快。

但是到了冬天，只見上頭稀疏的木麻黃枝葉瑟瑟地發抖，不斷被颳落，替我屏蔽了凌厲的風。一到下午，房間搖身變為宜人的暖房，被金陽照透而像塊融化的乳酪，也把人烘焙得彷彿散發出蓬鬆的馨香，讓我有一種飽足的錯覺，幾乎忘卻外頭朔風還在颼颼地聒噪著。一樣的太陽，到了冬天變老似的，顯得慈祥和慷慨，撫慰著人的身心靈。我像變溫動物偎在窗邊晒太陽，將光能轉換成行動能量，不致終日昏睡，還能保留意志和教科書混戰。

這山丘有著雙重面貌，一年又一年，我在冬日愛著它，到夏日卻又咬牙憎厭它。

一張靠窗的雙人床、床邊擺書桌椅、一個三格組合書架，便是房間的所有陳設，牆壁上甚至沒有張貼任何偶像、世界名畫的海報，貧瘠得像張白紙，像我的生活。姊姊和我共用這個西向房間，但她住在學校宿舍，很少回家，等同由我獨占。夏天，我不喜歡端坐在冷硬書桌前讀書，喜歡賴在床上，或躺或坐，邊背書邊抬腿，藉以踢走瞌睡蟲，或者踩空中腳踏車，那是我在體育課之外僅有的活動。

而冬天讀書便是另番情景：披著厚重棉被蜷縮跪伏在床上，面前攤著課本，近乎一種向書本膜拜的降伏之姿。那時的我暫停所有思想、幻想，將年少的時光耗在鑽研篇章、行句、字詞，因為出試卷的老師們有最細密的心思，總是能篩選最生僻的國學常識、清末戰爭年代排列、地理氣候與物產……我深恐粗心大意而漏失任何「重點」，花費有限的青春去背誦中國鐵路沿線的城市、交會點……原來的文化及知識，不知為何變成刁鑽的試題，像那座堆置了廢棄物、飄散著貓屍腐臭的山丘，令人生厭畏懼，難以攀越，常常邊看邊打盹。隔天卻驚嚇跳下床，懊惱書沒背完，怎麼應付考試。

讀書倦了，便看看窗外，山丘之後就是我所就讀的國中，每日學校的晚自習結束後，回到家已九點多。即使假日在家中也擺脫不了學校，鐘聲仍按時在空蕩蕩的校園中敲響，翻越過小丘一聲聲傳遞過來，彷彿有另一批看不見的師生還留在學校，馴服地讓鐘聲指揮、制約他們的行動，也制約在山丘這一頭的我，繼續這枯燥而令人懨懨窒息的生活，完全看不出在山丘此側彼側的空間移轉有何意義。尤其到了黃昏，看著窗外日頭又西墜到土丘上的木麻黃之後，穿過稀疏又枯蔫的針葉縫隙斜出幾綹疲弱的光，竟令我興起一股末日的荒涼之感。

這樣的消極念頭，在那段時間常莫名地湧上心頭。青春生命力正盛，卻又不得不面對似乎毫無出口的教科書陣，鑽不出參考書堆壘出的迷宮。同為轉學生，弟弟都迅速地找到玩伴，也特意模仿茄萣人說話的習慣，在句尾加了「噠」音，整天像機關槍似的「噠噠噠」。但我卻顯得格格不入。此地並沒有我童年的玩伴，面對陌生環境、陌生同學，我極難融入，顯得拘謹寡言、表情冷冽，讓那些曾對我好奇而遲疑地伸出的手迅速縮回。說起來，書陣與迷宮應是我自願進入的，這種既強烈需要又對之怨懟的心情，像青春期所有反覆無理的心境，也像對那一座山丘又喜又厭的心思。

也許因為孤獨，特別喜歡脫除一切塵囂的夜。

所有白日裡昏鈍了的感覺全都復甦，愈夜愈清醒。眼光黏在書頁，耳廓收納細瑣聲息，髮膚感知參差的溫涼。聚在屋外聊天的左鄰右舍紛紛散了，哐啷哐啷拉下鐵門，市井歸於闃寂，偶爾幾聲百無聊賴的犬吠，每隔一段時間，摩托車呼嘯而過，噪了又靜。夜闌時，從窗口透進的空氣悄然夾帶幾百公尺外海洋的氣息，沖淡一室膠狀的悶熱。在月光及路燈交相輝映之下，山丘上影影綽綽。還在夜讀的我不經意往窗外拂視而過時，總疑心會在樹間看到什麼意外的東西，那種惶惑或多或少嚇退了瞌睡蟲。於是便扭開收音機，「感性時間」節目中，李季準的磁性聲音彷彿可以形成一個透明的防護罩，將所有胡思與驚疑摒棄在腦門外；有時是「平安夜」中，主持人凌晨的款款細語，在不可見的日與夜交接之際，她用溫柔的聲音切分出一道截然的線，準十二點正，「Morning has broken like the first morning……」，旋律流瀉而出，雖然窗外還是死寂墨黑，但我知道眼前這一刻是新生的。

在夜裡，應該靜伏的心思也常常騷動不已，讓我無法專注。總覺得生活像是一齣尚未排演的戲，外頭所有場景都已布置妥當，別人都找到自己的腳色投入演出，但屬於我的腳本還在造物的構思中，沒有任何故事情節可以推展。我被困陷住，每天循著固定的軌道在山丘兩側無限迴圈，焦躁地等待，等待那一聲拍板：「Action！」我就可以走出這教科書陣迷宮。

我離家北上多年以後，山丘被整理成一座小小公園。趁著回鄉的機會，走進巷底，登上山丘。彷彿走進一個社區的頂樓小花園，只是地勢略有起伏，榕樹、鳳凰木、合歡、九重葛、長春花……草木雜然，顯得綠蔭幽清。循著磚鋪的步道幾分鐘就繞完了，最高點是一座碉堡。我眺望著國中操場，昔日的自己彷彿立體投影般躍然眼前：一個頂著齊耳短髮，穿著白衣深藍裙的高瘦女孩，雙手交叉抱於胸前，獨自背倚著牆，看球場上的同學，眉頭不自覺地蹙著……

如今回顧過往，才逐漸地發現：當初以為是炙烤青春的牢籠，其實也是一個安全的庇護空間。父親上遠洋漁船，不常在家，而母親工作及家務忙碌，也很少到三樓來。父母親以勞力和著汗水築成這穩固而私密的空間，我才得以心無旁騖面對課業，享受著放任與自由，我被充足地寵著，卻自以為是孤獨的。在無處宣洩莫名的抑鬱時，山丘無辜地承載我無常的歡喜、厭惡、恐懼，一如它總是靜默容受人類拋擲的垃圾。而今，我登丘眺望，看到它還原了本然的清淨，同時更清楚地看到那段青春的歲月。

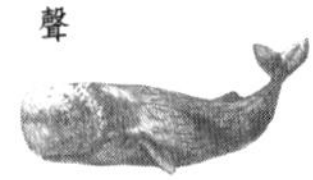

# 憂容小貓

那隻毛茸茸的小虎斑貓蹲坐在一圓形碟子前，彷彿正舔著碟子裡的牛奶時，聽到有人呼喚，便抬起頭來循聲張望，睜著無辜大眼，惹人憐愛。

當老師剛把畫稿張貼出來時，眾人便迭聲驚呼：「好可愛。」

但下一句便氣餒嘆道：「好難畫！」

如何模擬老師的畫稿，畫出毛髮光亮、蓬鬆而有層次的質感、色澤，讓人經過視神經傳導到大腦中樞，訊息直接轉換成擬真的柔順觸感與暖意，甚至隱隱覺得小貓就在腳邊磨蹭，帶點親暱的搔癢，看牠琥珀般的眼瞳靜靜地看著你，彷彿祈求一團線球、逗貓棒等玩具，讓人想抱在懷中，臉貼在牠身上……對初學的我來說，想達到這個境界，願望著實太遙遠、夢幻了些。

腦中不由得搜尋曾經見過和絨毛相關的名畫，想起杜勒的〈野兔〉，身體不同部位的毛層次分明，散發纖柔暖意，眼睛還晶亮地映照出房間的窗戶，但兔脫不得，只能神情怏怏地趴伏在地，彷彿可以感受牠溫熱的身體下，怦怦跳動的憂心……這原是我的夢想，希望畫出不只是一隻貓，不只是鬈曲的毛。

可是我的描摹技法太拙劣，結果差之千里。當畫逐漸成形，從埋首的桌案起身，隔遠一點距離端詳，才發現那神情十足是一隻憂愁的小乞丐貓，伶仃蕭索，彷彿為碟子內的食物快要沒了而發愁，簡直要「喵嗚！喵嗚！」低泣起來。

耗了多時，圖畫雖然完成了，自己卻無從修改起，就像一個挫敗而無法重來的人生。

沮喪地看著小貓下塌的眼角和嘴形，愈看，愈眼熟，依稀彷彿，看到小時候憂容的自己。我曾經是（現在仍然是？）這樣的臉孔、表情，面對外在的一切。

手邊僅存的幾張昔日家族合照就是最好的證明，我老是緊抿著嘴，皺著眉頭，夾處在眾多擠眉弄眼或開懷咧嘴的大大小小孩子中，極不相稱。始終不明白這種愁苦表情是學習來的，還是天生的？

我不斷地尋繹，可能是這樣的：父親因為工作而長年在外，祖父母又已過世，於是母親帶小孩搬回娘家附近。有段時期，母親身體不好，我們和阿公阿嬤舅舅一家擠在一起。夾在成串粽子似的小孩中，我是心靈幼稚的大小孩，家中永遠有小的哭鬧、大的調皮，沒人理會我缺什麼要什麼。阿嬤疼愛身為長孫女的姊姊、照顧小的表弟妹，只覺得我該安靜一點，於是，不知不覺中，就學阿嬤看我時皺起眉頭，不皺眉的時候便一副漠然的神情。

彼時，我常退到一旁，養成一種怪習慣，撫摸自己的耳垂，口中的舌頭蜷捲起來，吸吮著，偷偷退化成一個學步前的嬰兒，重溫在母親懷中的感覺。那被視為已經不再適合的奶嘴從我口中強硬拔除，我為自己找到替代品，不再像小貓咪嗚咪嗚哭叫。沒人理的時候，我安靜且自足。

直到，大人發現我的怪把戲，毫不留情取笑，羞羞臉！那麼大了。

羞羞臉！

我們都是這樣被傷害長大的。

但我特別捉著這些細瑣不放，是不是因為天生的悲觀？如今還是無法確知，不管學來的或天生的，我總是不自覺愁著臉，也從不知道這副表情帶給別人什麼感覺，又為自己招來什麼。

直到搬離舅舅家幾年之後，有一次，滿懷希望央求母親讓我去舅舅家，可以和表姊弟一起玩鬧，比起在家無趣地待著好多了。

母親那時候正蹲坐在小板凳上，忙著用洗衣板使勁搓洗一大澡盆的衣服，不想理睬我。我不死心，一直像幼貓在一旁磨蹭，小聲喵嗚，喵嗚煩她：「好不好啦！好不好啦！」

好不容易等母親停下搓洗，抬頭，嘴巴才開啟，不知道她原先想說什麼，可是一看到我的神情，神色頓改。我確信她臨時抽換了說詞。

我聽到的是：「看妳憂頭結面的樣子，妳早就知道不能去了吧！」

剛聽到這說詞時一陣錯愕。意思是不行？這也算是拒絕的理由嗎？我完全不明白為何母親說出那樣的話。

那年，我應該是小一，或小二。

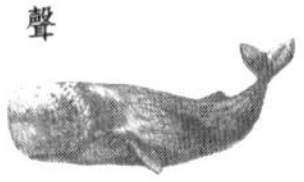

母親的話，讓我驚覺自己惹人不快的表情，後來更慢慢明白：別人對我的冰冷眼神，其實正是一面鏡子，如實地反射我的荒涼神情。我雖知道，卻無能為力，無法解開深鎖的眉心。當我逐漸成長，看書時皺眉頭、思索時皺眉、走路等車發呆時皺眉、和人對話時皺眉，據說，連睡覺時也皺眉。即使面無表情的時候，眉心還是兩道撫不平的深痕，這種表情常常令人覺得我高傲。而我彷彿要努力證明別人的看法是對的一般，努力地長，一直長，真的變得很高，但我一點也不傲，這只有我自己知道。每每認識新的同學朋友，他們需要在很久很久之後才敢不那麼小心翼翼對我說話（如果他們有耐性撐那麼久觀察我，沒有被嚇走），才敢告訴我，我原來和他們想像的不一樣，安靜的時候看似冷漠，談興一開卻很瘋狂。

而不管老師或尊長，當我站起來回話時，應該也很不喜歡我居高臨下面無表情或皺著眉頭俯瞰他們吧？那種姿勢充滿挑釁，挑戰他們的權威。也許他們就像我母親一樣，想說的被我凝重的表情硬生生壓扁，只剩薄薄的一片話。我彷彿瞥見那瞬息閃逝的神情，心中暗暗決定，決定下次就坐著回答好了。而我坐著對答時，還是看不到滿意的神情，那眉頭又揚起，眼光灼灼，似乎在譴責：怎麼可以沒規矩地坐著跟長輩答話？

我在檢視自己的畫作時，無意中勾引起褐黃而蟲齧得千瘡百孔的記憶。而且，彷彿拾起一個線頭，之後拉出更多糾結成團的念頭，這是所謂的藝術治療嗎？繪畫過程中，一些看似已經湮沒的久遠回憶，在長時間塗鴉中，一點一滴浮現。像小時常玩的遊戲，將紙張放在硬幣上，用鉛筆或蠟筆刷塗，硬幣上的浮雕人頭和幣值便慢慢成形，愈用力，愈清晰。畫筆彷彿鋤犁十字鎬，讓人挖掘深埋在古老地質層中的記憶，強迫自己拾起，吹撣去灰土，仔細辨認、面對。原來自己成長的過程中，有一部分遺落在這裡、掩埋在那裡，就這樣不知情地頂著龜裂斑駁的身心靈走到今日。

當我開始自立之後，原以為能夠隨自己意願在人生白紙上作畫，興致勃勃地下筆，但是在構圖彩繪中，總出現一些意外的數字和臉孔，依稀彷彿，原來，先前墊在紙張下，被覆蓋住的大大小小事件，已經決定整張圖畫的基底；開始塗畫之後，這些不在預想之內的輪廓便像鬼魅般現影，愈是用力，輪廓愈深刻。而且，無論如何也掩飾不了。

治療不了。我以為如此。

不管喜怒哀樂，我總是面無表情地完成人生該做的事：學業、工作、家庭，過著簡單的日子。但是又不肯滿足這種日子，我開始用一些簡單的方式填充假日，比如：練習書法，從美術社抱回一刀全開毛邊紙，自己關在斗室裁紙，就著字帖橫平豎直點捺：天地渾沌如雞子，盤古生其中……一寫幾個小時，往往肩膀手指僵硬，眼睛痠澀，只因為喜歡；也因為這比面對別人時，掙扎著該起身或坐下、必須時時提醒自己不要皺眉、要記得咧開嘴來……容易多了。只是這種蠢笨的折磨自己的方式並未讓書法臻於什麼成就，遑論境界，手腕手指所留下的苦痛卻像所臨摹的魏碑，犀利的刀痕斧鑿分明。

我依然渾沌，不解，意識闇黑得像吳竹墨汁。

紙還未寫完，便轉而寫作，慢慢自我披露，從頭到腳，從過去到現在，在不同的岩層，不斷挖掘在皮膚下的暗瘡。有時會汩汩流出腥臭的膿液，我期待，擦拭這些膿液之後，傷口會慢慢結痂，隆起蟹足紅疤也無所謂，我已經不去介意痤瘡的痕跡讓人瞧見，不想再維持表面上光潔平整，而事實上卻深潛在我體內潰爛。以往，時時刺痛著我，而我終於受不住痛疼，甚至轉為無名的憤怒。怒箭四射傷了親近的人。被傷的人不明就裡，無辜地質疑我：這樣的生活到底有哪裡不滿足的？

即使是這樣的話，也像衛生又殺菌的雙氧水，倒在他們看不見的傷冂上滾滾冒泡，竄出刺鼻的白煙。

（我們就是這樣被傷害長大的。而且，又學得如何傷害自己，和別人。）

然後我學畫。

畫畫，彷彿為了有一天可以故技重施丟開它。卻在下筆時，一點一滴喚回久遠記憶。

我總習慣、也喜歡隔著一段距離看過去，或許，我也一直用同樣的眼光和心態看著現在。別人覺得我冷漠是對的，他們比我自己更了解我。面對紛至沓來的事物，當下我往往不知所措。母親的話像魔咒，從遙遠的童年傳送過來。

我一直退回童年，偷偷地吸吮著舌頭，吸吮一點慰藉，安靜自足。只希望

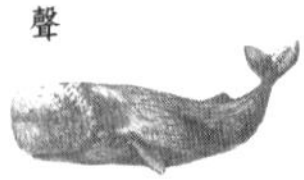

不要再被發現。

我的舉手投足只能是冷，表情更冰冽。

而且無法為自己作註：「外表雖冰冽，實則木訥遲鈍膽怯。」正如眼前畫板上這隻徹頭徹尾的愁容小貓，不能強辯說牠其實是已經飽足而快樂，正想離開圓碟，去追逐幸福的毛線團。

不知為什麼，我的記憶是一個奇怪的篩子，再美好的事物都顯得粉細粉細的，一下子都穿漏在篩子網目之下，被時光之風吹散了，而不愉快的事都顆顆渾碩，堆垛在篩子上。如今，繪畫的當下，一顆顆拾起來檢視，我也許可以發揮創意，在石頭上彩繪，把苦痛變成勵志的裝飾品。或者，我用來打水漂，讓它們一顆顆彈跳幾下後，便沉入深深深的海底？

# 碼頭情人老

以前回高雄茄萣老家時，父母親常邀我們：「欲去情倫碼頭嘸？」他們指的是情人碼頭，而且是以問句形式包裝的肯定句或命令句。

這碼頭聽起來很適合人約黃昏後，令人腦海中不自覺浮現儷影雙雙看夕陽、吹海風、賞漁火的畫面。情人們面對著無止境的空間延伸，迫近的生活似乎被推到極為遙遠，變得模糊，只剩下彼此和愛情。有朵朵浪花在港墘旋開又旋謝，彷彿嘩啦嘩啦哀嘆著自己的生命比幸福長，比愛情短。但情人們是聽不懂的。只見隨著天色漸黯，所有情愫隨著搖曳的星燈漸漸滋長。

我們通常在三、四點抵達，平日裡被禁錮的視線，此刻全被釋放，盡情馳騁。迎著風，三分油汙與腥味，七分炭烤和佐料香氣，瞬間霸占嗅覺，果然海港等於海鮮海味，幾乎已變成鐵則。一長列繫纜樁上綁縛著幾艘船和罩著塑膠帆布的小艇，隨流進港灣內軟軟的浪起伏搖晃，港底的藤壺忽隱忽現，頑固地攀附著。偶爾有人在船上整理什物，忽然聽到些許聲響抬起頭，瞥一眼好奇的遊客後，又低下頭繼續手上的活，彷彿醒悟自己也屬於觀光的一景，忙碌得更起勁。

在父親行動還敏捷的時候，習慣走在前面，一手插在口袋，如果叼根菸時，會刻意離得遠些。後來他因為健康的緣故，聽從醫囑毅然把菸戒斷了，讓苦勸了幾十年的我們不可置信。逐漸地，他走路的姿勢變成雙手背在後，頭往前勾，看起來像隻年邁的鵝慎行慢步在前頭領路；我則彷彿替代靦腆的父親，親暱地勾著他的情人的手臂走。母親就像是塊磁鐵，我們姊弟就如同迴紋針，只要回到老家就是進入了磁力的範圍，被吸附到她身邊黏掛著。後來，母親輕度中風後平衡感不好，勾著的手臂變成攙扶，時時提防她跌跤。

來逛碼頭，我有自己的想像，總不免聯想到離別場合：那頭有人上了漁船，一陣長笛聲響，船身在破浪中顛簸搖晃，留下俥葉翻打的水沫，漸行漸遠；這邊岸上的人駐足遠望，直到孤帆遠影碧空盡，斜暉脈脈水悠悠。也許父親本身是船員，海港碼頭總讓我興起這般離別與等待的況味。

但現實中的碼頭並沒有那麼悲催，悲涼的反倒是碼頭的商家門前冷落車馬稀。所以，這裡到底還是適合喜歡幽靜、可以卿卿我我不被打擾的情人。

十幾二十年來，比起父母親的逐漸衰老，情人碼頭所在的興達港是一啟用就是夕陽斜暉。

上個世紀末，原為解決前鎮的遠洋漁港不敷使用而建造，還一併規劃近海漁港、漁市場、公園，以及預期會帶來人潮而有的街道建設，建案也順勢推出……看準未來就要風生浪起，準備好揚帆遠航。未料，浪潮竟衰歇退去，一切懸空、摔落，擱淺在新世紀。港口落成了，但全球魚源枯竭，漁業榮景不再，偌大的港口不曾駛進一艘遠洋漁船。

為了不使耗資七十多億的建設變成最昂貴的蚊子館，政府每年繼續投入經費和新的企劃，企圖轉型為觀光休憩功能，推出情人碼頭、遊艇觀光、海鮮

美食節、烏魚季等等。於是，假日碼頭的燈光與歌手駐唱吸引不少人潮，但它總在熱熱鬧鬧活動結束後，繼續閒閒地在老陽光下晾晒著。

我們這些在地人，慣看碼頭的今昔冷熱。假日時，見遊客全家出遊，幾個大人圍繞著一兩個小孩，拉著新買的氣球、放風箏、玩著吹泡泡，或者年輕夫婦一人推著娃娃車，一人拿著烤小卷邊吃邊餵食另一人，情侶在石椅上依偎。攤販主人手中忙著裝盛食物，一邊忙著招呼過往遊客。

但到了平日，碼頭變了樣貌，如果它有副臉孔，定是滿臉無奈、無聊、無情無緒。好不容易有人進飲食街，攤販便緊盯著，零星散客是維持平日蕭索營收的希冀，涓滴都得接住。爐火不再鼎沸，也沒有咂咂的進食聲飄蕩，少了熙攘遊客為背景，蝦捲、烤小卷、生魚片、烤烏魚子……彷彿也失去了鮮度，引不起人的食欲。紅色塑膠方盆中的魚張闔著鰓不再甩尾，蝦蟹垂縮雙螯，認命地不再掙扎。店家像獵食者般捕捉你的眼神，只要你稍注目了物品，便殷勤遞送到眼前，讓閒逛的人感到不安，不忍他們滿心的期許落了空。

只要到碼頭走走，母親於視線一收一放間，像似在釣回種種過往，那段直不起腰桿的疲累。她總會提起昔日在工廠幫忙處理漁獲、鋪上架晾晒，起早趕晚的腥味生活，讓她此後失去了對海產加工品的胃口。我也是。幾乎是同步地感受母親記憶中的氣味。國中時，我已經開始知道生活的明喻和隱喻，每天上下學經過一家魚工廠，長年飄著無以名狀的惡臭，即使屏息快步走過，惡臭仍像水蛭般吸附著不放，難以想像裡頭的人如何忍受。然而，我知道母親在另一處的工廠正默默忍受著。每想到此處，相形之下，肩上書包的重量便顯得輕了些。

父親所懷想的自是不同。腳下的每一步，都曾經是他童年時踅逛的潟湖、魚塭、鹽田、淺灣，曾經是隨地擱置幾團廢棄漁網，沙蟹從洞裡鑽出來，趑趄爬上沙灘，又在覺察人靠近時慌忙竄回洞裡。有時流浪狗在淺灣走走停停嗅嗅，忽然抬起頭張望，不知被什麼吸引，拐個彎便不知去向。那片童年已經被埋在新興的港市和碼頭底下，只能從記憶裡挖掘才能出土。而他成家後為了生計，登上遠洋漁船飄蕩了大半生，沿著魚群洄游的路線，停靠在大西洋兩側的馬德里、開普敦、聖馬丁等港口，短暫登陸，卸貨、補給、維修，見過各種膚色的人忙碌穿梭，那是興達港曾經預期的、但從未有過的境況。

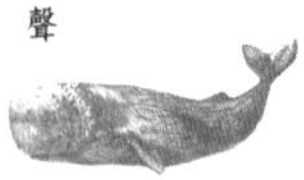

所有父親童年漫遊處、年輕時停泊過的港口，疊加在記憶底層，如今是否褪舊了？這是他總要我們陪著逛碼頭的原因嗎？彷彿需要一個空間，來喚起過往的回憶，就像是個線頭，一扯，久遠的時光便球狀地滾過來。

父母親這輩子聚少離多，到老才有機會彌補年輕時錯過的情人出遊，步履蹣跚來逛碼頭，一步一步，把天色踩得漸漸黯淡。夕陽猶眷戀著不肯落下，白花花的日照和鹹味海風把一切晒褪了、吹拂鏽了，然而，我相信世上還是有些事物，可以禁得起歲月的日炙和風襲，仍舊維持原貌。

商店燈光晃晃亮起，倒影在粼粼海面，彷彿水下平行著另一個世界，在夜的掩護之下才會悄然浮現，因為無聲，而顯得夢幻。我們便在夢幻的夜色中，相扶歸去。

日子不斷地翻頁，碼頭的攤位像縮時攝影般，風馳電掣置換不同商家、擺設，最後還是撤了。我們的日子也等速快轉，父親離世後四年，母親也隨之遠行。

這年春節假期，我再度回到久違的情人碼頭。也許因為新冠疫情，遊客不多，但相較各處風景區的過年景況，碼頭顯得更寥落些。不知何時，二樓商家改為海洋教育教室，一樓則是遊艇俱樂部，從門口探看，只見廣告立牌條列著入會費及航行能力證書的收費，原本的好奇都在瞬間消瘺。

踅踅看看，海與風依舊，沒有父母親偕行，踩踏在以往散步的路線，我的步履仍舊快不起來。

一直忘了問父母親，以往我們不在家的日子，他們是否會相約到碼頭散步？一對白髮夫妻互相攙扶，在黃昏的碼頭散步，想來便是幅令人欣羨的畫面。還記得有次在碼頭時，我告訴母親網路盛行的說法，兒女是父母的前世情人，並下結論：「爸爸和妳，前世各有兩個情人，無輸贏。」

她聽了哈哈笑著，露出臼齒上一顆銀鑲牙，閃閃熠熠。

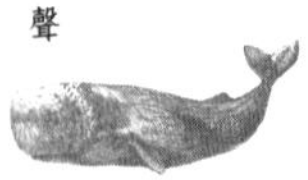

# 烏魚記

每年冬至前後的烏魚汛是母親最惦念的事，因為隨著魚群洄游之後，離家在外的兒孫返鄉潮也不遠了。

我們總是趕不上母親製作烏魚子的時間。只知道她到興達港等候回航的船隻卸貨，擠在魚販和散客中，眼明手快地挑選肥美的魚卵和烏魚殼，回家煮烏魚米粉、蒜苗烏魚湯嚐鮮，同時展開約兩週製作烏魚子的工作，日子滿溢著魚鮮魚味。那陣子與她的視訊中總要聽取進度報告，雖然有時不免夾雜抱怨，但不知怎地，種種費時的醃製過程卻彷彿一把彩妝刷子，讓她的臉上顯得特別光鮮有神采。

等過年前抵家，晾晒時所用的紗布已經清洗乾淨，木板也一塊塊疊放收好，預備明年再次出爐。一副副的烏魚子晒得黃澄油亮又飽滿，收藏在冷凍庫，甚或是端上飯桌，很大器又豪奢地切成大拇指般厚片，滿滿一盤，成為迎接我們的殷殷企盼與歡喜。母親總是砸下重金，不知道是否把我們過年給的紅包預先透支了，年節間每天都有烏魚子上桌，這是不擅廚藝的她所拿出的最昂貴年菜，似乎相信因為昂貴，可以為我們儲備一整年在外拚搏的能量。甚至也當成了禮物，讓我們各自帶到婆家或岳家，既體面又大方。

母親的料理方式很簡單，有時油煎，有時泡酒去腥後，放進烤箱或直接火烤，再配上青蒜片或蒜米擺盤，外皮酥脆、內裡濕黏，讓人吃得黏牙，咂嘴回味。後來所流行夾上白蘿蔔、蘋果、水梨片的不同吃法，母親則從未嘗試過，她有自己堅持的傳統。各式吃法中，我偏愛煎得乾乾酥酥的，也不需任何配料，一片入口，慢慢品嘗魚子在舌上散開，每一顆猶帶著魚群所洄游的洋流鹹味，和南部冬陽的暖香油潤。

看我們吃得香甜，母親會重提曝晒風乾的辛苦。儘管是在自家二樓後陽台，有鐵欄杆護圍著，也要小心看顧，不知哪來的野貓總是伺機偷吃。一直忘了問母親是否曾蒙受損失，但從她的語氣總是惋惜又心痛、帶些咬牙切齒，料想必定有饞貓偷盜過她的心血。

日後，我常常揣想母親在與貓諜對諜的日子。獨自守在後陽台是什麼情景？是否像個敏感的監視器，將周遭細微的訊息一一納入？也許鄰近的萬興廟有時廣播哪個小孩找不到媽媽正在哭，請走失孩童的家長領回；機車引擎噗噗地從魚骨般排列的巷子某處響起，又走遠；屋後隔著媽祖婆山丘的國中上下鐘聲準時地翻過……種種動靜陪伴她度過寂寂冬日，直至日影逐漸偏西，墜入山丘上的木麻黃之後。她曾見過貓們輕躡著腳步靠近嗎？

她便如此這般，守著架上的烏魚子，腦中也許不時浮現我們享用時的一臉滿足，以及早早就盤底朝天的無聲讚美。日昇月落，便從初老六十幾歲守到身形佝僂的龍鍾七旬，直到生活起居再也無法自理，母親自製的烏魚子便成為絕響。

此後，過節只能購買現成的應景，總像擲骰子般碰運氣，有時品相再好也會過於死鹹。而不菲的價格，讓人疑惑過去母親是如何節縮自己的花費，才能換得每日的盛饌餵養我們。有幾年的餐桌上，嚐著不對脾胃的烏魚子，懷念母親的手藝。母親聽著，神色看起來頗為自豪，但更多的是惋惜與歉意，惋惜因自己的衰頹，再也無法滿足我們的想念。但我們想念的豈只是烏魚子。母親一年一年衰頹，她愈來愈無法分辨今天和昨天有何差異；而明日，肯定記憶會被蛀蝕得愈來愈支離。即使搬來同住了，不必翹首盼望年節的團聚，她卻逐漸地無法認清眼前每一張臉孔，似乎還在一心等待著如洄游的魚群般返鄉的孩子。我們雖然像往常地團聚著，但過年的歡慶氣氛卻愈來愈稀微。

記不得是否詢問過母親製作烏魚子的步驟。也許她曾說過，只是彼時我仗恃著有母親在，竟未當成一回事。但也許是母親寵溺孩子慣了，就打算一年一年晾晒下去，從沒認真想教我們，直至，她再也無法親手示範。

母親溘然長逝。

就在新冠肺炎大爆發後的暮春三月，杜鵑啼血。

舉世捲入恐懼的風暴，我則有自己的悽愴漩渦，陷在其中打轉，天昏地黑。臉上的口罩一直沒有褪下來，不只為了防疫，也是用來遮覆隨時會崩坍的情緒。渾然不覺，日子是如何一頁一頁被撕去的。

到了初冬，弟弟傳來訊息告知：竹北為活絡因疫情肆虐而停滯的經濟，於拔仔窟舉辦烏魚節活動。

我立刻察覺他的用意。愈接近年末，空氣與溫度彷彿刺激著大腦某處隱密的腺體，分泌了返鄉的激素，讓人不安躁動。然而，父母親相繼離世後，我們再也沒有路要趕，沒有老家可回，像鼓動著翅膀，卻只能盤旋哀鳴，無處可去。或許……藉由這個活動，了解母親當年如何醃製烏魚子，是聊勝於無的安慰劑。

時序雖已初冬，陽光有時仍溫熱，讓人疑心四季的脈動是否漏了拍，卻不料到了竹北，轉為強風吹掠，彷彿冬天原來是藏匿在這個地方。我和弟弟兩個中年人，突兀地夾處在一群褓抱提攜的親子團中。活動安排在分散的點，這家的院子、那家的工寮，促使大人牽著幼童去餵魚、醃一夜干、製烏魚子、烤烏魚子、包烏魚飯糰、吃烏魚米粉……走了幾公里，繞了遍布魚塭的村莊的旮旯角落，原本應該汗流浹背，此刻卻被風乾了。有的小孩精力旺盛撒開腿奔跑，任父母在後追趕；有的蹲在地上耍賴不走，任人哄騙了半天，最後是攀上大人的背，才繼續成行。

我不禁可憐起這些孩子。他們會知道自己在多年多年以後，必須以另一種方式，反過來尋追遠離他們而去的雙親嗎？

為了參與活動，我初次造訪陌生的養殖烏魚小村。強風颯颯，只要再帶捎點細雨，想必會變成萬點箭矢，刺得人發疼。但也正是這九降風，讓烏魚子成為繼新竹米粉、柿子之後的名產。風雖大，空氣中仍瀰漫一股金黃色的香腥味。我們在一戶人家遮雨棚下體驗醃製烏魚子。工作檯對面坐著一名約五、六歲的女孩，雙手翹著小指，用拇指食指捏著玩，媽媽耐性在旁幫忙、爸爸負責拍照。我奇異地感到似乎有條撕開的拼貼線，毛邊參差地橫亙在我們之間，他們彷彿是過去我所錯過的蜜色時光。

觸摸著冰涼飽滿的魚卵，已刮除血管的卵彷彿水嫩的皮膚般，細緻緊繃而有彈性。在上頭厚厚裹上一層鹽後，便交還給工作人員，聽解說員喃喃介紹：待三小時後再洗淨，擦乾，邊檢查，若有破損須先用豬腸補洞，以免重壓時，魚子流洩出來。接著擺在鋪著吸水紗布的木板上，再以磚塊重壓擠出水分兼塑形。兩三小時後，除去磚塊，白日曝曬風乾，每一兩小時翻面，晚上再收回重壓，重複七到十天。

這就是以往母親在家晾晒的過程了嗎？

是不是還有一些步驟省略了？或者是母親所獨有的、而他們也不知情的什麼？

看著旁邊魚塭打水車不斷翻轉，打起的水被風吹散成霧狀，幾沫水星飄來濺上了臉，偶爾瞥見烏魚躍出水面又墜回。另一邊已收成的魚塭池水抽乾了，兩三隻小環頸鴴在仍潮潤的土中翻揀覓食。田埂上有幾架晾晒的烏魚子，戴著斗笠、以毛巾嚴密包覆臉的婦人逐一地翻面，一邊警戒著腳邊那隻黑褐細瘦的狗，牠在鐵架間逡巡，聞聞嗅嗅。
人幾乎散了，所有的爸爸媽媽小孩。
我和弟弟站在田埂上，飄風發發，像記憶般吹襲著，從遙遠的四面八方。

國家圖書館預行編目資料

潮聲／薛好薰著. --初版. --臺北市：寶瓶文化事業股份有限公司, 2022.1, 面； 公分. --(Island；313)

ISBN 978-986-406-268-3(平裝)

863.55 110019265

Island 313

# 潮聲

作者／薛好薰

發行人／張寶琴
社長兼總編輯／朱亞君
副總編輯／張純玲
資深編輯／丁慧瑋　編輯／林婕伃
美術主編／林慧雯
校對／丁慧瑋・劉素芬・陳佩伶・薛好薰
營銷部主任／林歆婕　業務專員／林裕翔　企劃專員／李祉萱
財務主任／歐素琪
出版者／寶瓶文化事業股份有限公司
地址／台北市110信義區基隆路一段180號8樓
電話／(02)27494988　傳真／(02)27495072
郵政劃撥／19446403　寶瓶文化事業股份有限公司
印刷廠／世和印製企業有限公司
總經銷／大和書報圖書股份有限公司　電話／(02)89902588
地址／新北市五股工業區五工五路2號　傳真／(02)22997900
E-mail／aquarius@udngroup.com

著作完成日期／二〇二一年十月
初版一刷日期／二〇二二年一月七日

ISBN／978-986-406-268-3
定價／三二〇元



贊助單位／NCAF 國|藝|會

AQUARIUS 寶瓶 文化事業

# 愛書人卡

感謝您熱心的為我們填寫，
對您的意見，我們會認真的加以參考，
希望寶瓶文化推出的每一本書，都能得到您的肯定與永遠的支持。

系列：Island 313 **書名：潮聲**

1.姓名：__________ 性別：□男 □女

2.生日：____年____月____日

3.教育程度：□大學以上 □大學 □專科 □高中、高職 □高中職以下

4.職業：__________

5.聯絡地址：__________

聯絡電話：__________ 手機：__________

6.E-mail信箱：__________

□同意 □不同意 免費獲得寶瓶文化叢書訊息

7.購買日期：____ 年 ____ 月 ____日

8.您得知本書的管道：□報紙／雜誌 □電視／電台 □親友介紹 □逛書店 □網路 □傳單／海報 □廣告 □其他

9.您在哪裡買到本書：□書店，店名__________ □劃撥 □現場活動 □贈書

□網路購書，網站名稱：__________ □其他__________

10.對本書的建議：（請填代號 1.滿意 2.尚可 3.再改進，請提供意見）

內容：__________

封面：__________

編排：__________

其他：__________

綜合意見：__________

11.希望我們未來出版哪一類的書籍：__________

讓文字與書寫的聲音大鳴大放

寶瓶文化事業股份有限公司

（請沿此虛線剪下）

| 廣 告 回 函 |
| --- |
| 北區郵政管理局登記 |
| 證北台字15345號 |
| 免貼郵票 |

寶瓶文化事業股份有限公司 收

110台北市信義區基隆路一段180號8樓

8F,180 KEELUNG RD.,SEC.1,

TAIPEI.(110)TAIWAN R.O.C.

（請沿虛線對折後寄回，或傳真至02-27495072。謝謝）